Marcel Mallon

WILLI
EINMAL KAUKASUS UND ZURÜCK

EIN GENERATIONSÜBERGREIFENDES PLÄDOYER GEGEN DEN KRIEG

EK-2 MILITÄR

Ihre Zufriedenheit ist unser Ziel!

Liebe Leser, liebe Leserinnen,

zunächst möchten wir uns herzlich bei Ihnen dafür bedanken, dass Sie dieses Buch erworben haben. Wir sind ein kleines Familienunternehmen aus Duisburg und freuen uns riesig über jeden einzelnen Verkauf!

Mit unserem Label *EK-2 Militär* möchten wir militärische und militärgeschichtliche Themen sichtbarer machen und Leserinnen und Leser begeistern.

Vor allem aber möchten wir, dass jedes unserer Bücher **Ihnen ein einzigartiges und erfreuliches Leseerlebnis** bietet. Daher liegt uns Ihre Meinung ganz besonders am Herzen!

Wir freuen uns über Ihr Feedback zu unserem Buch. Haben Sie Anmerkungen? Kritik? Bitte lassen Sie es uns wissen. Ihre Rückmeldung ist wertvoll für uns, damit wir in Zukunft noch bessere Bücher für Sie machen können.

Schreiben Sie uns: info@ek2-publishing.com

Nun wünschen wir Ihnen ein angenehmes Leseerlebnis!

Moni & Jill von EK-2 Publishing

Willi – der Protagonist des Romans

Vorwort

„Wir kehrten ‚heim‘ mit Erfahrungen, die keiner hier brauchte. Es fiel uns schwer, dort wieder anzuknüpfen, wo unser Leben vor vielen Jahren unterbrochen worden war."[1]

Warum schreibe ich ein Buch über meinen Großvater? Man sagt besonders der Enkelgeneration nach, Licht in die Vergangenheit bringen zu wollen. Aber will man das wirklich? Für mich ist es eher so, dass die Themen Krieg und Kriegserlebnisse ein Teil meines Berufes als Geschichtslehrer sind. Täglich versuche ich anhand konkreter Beispiele Heranwachsende für das Leid und die Gräuel des Krieges zu sensibilisieren. Früher mit Textquellen Beteiligter, heute zum Teil mit Musikvideos anerkannter Metalbands wie Sabaton oder Mötorhead. Doch kommt das an?

Selbst der völlig sinnlose Krieg in der Ukraine nach 77 Jahren scheinbaren Friedens in Europa erreicht nur eine kleine Zahl an Interessierten. Protest ja, aber Auseinandersetzung eher nein. Dies zeigt uns eine Generation, für die der Krieg weit weg ist. Dabei könnte es gerade für diese heutige Generation in ihrer schnelllebigen und digitalisierten Welt sehr wichtig sein, etwas von den Erfahrungen und Erlebnissen der Kriegsteilnehmer mitzunehmen. Besonders in den letzten Lebensjahren sprach mein Großvater sehr oft und direkt über den Krieg. Er beschönigte nichts, fand aber immer die richtigen Worte und zollte dem Gegner von damals Respekt. Das verstand ich erst viel später. Für mich waren unsere gemeinsamen Reisen in den Osten in einer Zeit, als es die von oben verordnete Freundschaft mit den Völkern der Sowjetunion gab, eher aufregende Ferienerlebnisse. Wer konnte schon von sich behaupten, im Schwarzen Meer gebadet zu haben, wo doch scheinbar die ganze ehemalige DDR in der Ostsee plantschte? Aber die ungewollten Treffen mit Einheimischen hinterließen bei mir einen sehr großen

---

[1] https://www.spiegel.de/geschichte/kriegsheimkehrer-nach-dem-zweiten-weltkrieg-a-961753.html

Eindruck. Ich hatte meinen Großvater bis dahin nie Russisch sprechen hören – und das auch noch mit einem Wortschatz, den ich nie erreicht hatte. Und immer war dabei der gegenseitige Respekt erkennbar. Man gab sich die Hand, begrüßte sich in der landestypischen Muttersprache und schaute sich in die Augen. Ich verstand damals als Jugendlicher nicht, warum dieser alte Mann immer wieder in die gleiche Region reisen wollte. Erst viel später, als ich aus beruflichen Gründen mich mit kriegerischen Themen auseinandersetzte, wurde mir bewusst, dass es sich möglicherweise um den Versuch gehandelt hatte, sich irgendwie zu entschuldigen. Sicherlich war es auch der Versuch die Orte wiederzusehen, an denen er verweilt hatte. Dabei kamen unweigerlich Erinnerungen hoch.

Tief beeindruckt hatte mich seine sehr detaillierte Erzählweise. Als ich ihn irgendwann einmal fragte, ob er sich noch an die getöteten sowjetischen Soldaten erinnere, beschrieb er eine Szene im Kaukasus, bei der eine „braune Wand" auf ihn zulief. Um nicht selbst getötet zu werden, schoss er mit dem Maschinengewehr von „links nach rechts und dann wieder von vorn", bis die Munition alle war. An die Massen an Getöteten erinnerte er sich noch sehr gut und das beeindruckte mich. Da war kein Jubel oder Bedauern, sondern blanker Pragmatismus – entweder die oder ich! Und hier, genau an diesem Beispiel, zeigt sich die Krux des Ganzen. Da wurden Millionen junger Menschen für einen verbrecherischen Krieg missbraucht und starben. Die, welche überlebten, gerieten in Gefangenschaft und dann in eine andere Welt nach Hause. Viele konnten sich nicht anpassen, wurden Trinker oder ließen ihre innere Unruhe an der Familie aus. Offiziell galt der Krieg als verloren und da war eine Aufarbeitung eher lästig. Heute spricht man wohl vom posttraumatischen Belastungssyndrom, das ärztlich begleitet wird. Und damals? Ich glaube, dass mein Großvater seine persönliche Aufarbeitung bei seinen Reisen fand. Vielleicht führte auch die Akzeptanz vor Ort dazu, dass er immer davor warnte, wieder einen Krieg im Osten zu beginnen. Viele seiner Kameraden liegen in der Erde, auf der heute wieder gekämpft wird. Der Terminus „Krieg" hat uns eingeholt und wird leichtfertig verwendet. Was das für die Kriegsteilnehmer vor Ort bedeutet, kann nur die Generation der „Alten" beurteilen. Doch die stirbt aus. Deshalb also dieses Buch, das aus Erzählungen des Wehrmachtssoldaten Willi Artur Lehmann entstanden ist. Es soll nicht belehren oder mahnen, sondern zeigen, was eine ganze Generation erlebt hat und was wir offenbar vergessen oder verdrängt haben.

Lausitz Mitte der 90er

Tagesbefehl 373. Pzbtl.

1   *5. Kompanie PzBtl. gestaltet letztmalig vor Umwandlung in FschJgBtl. den Tag der offenen Kaserne.*

2   *1. Kompanie PzBtl. flankiert mit Logistik.*

3   *2. Kompanie des neuen FschJBtl. führt an diesem Wochenende Biwak durch.*

4   *Bereitstellung 1. Zug 5./Pzbtl. mit 3 KPz. Leopard 1A5 und Unterstützungseinheiten 1./PzBtl. LKW, Geländewagen Wolf und fahrbare Truppenküche auf Exerzierplatz.*

5   *Bereitstellung und Unterstellung 2./FschJgBtl. mit 2 Waffenträgern Wiesel 1. Zug 5./PzBtl.*

6   *2. und 3. Zug 5./PzBtl. übernehmen in Masse Sicherungs- und Repräsentationsaufgaben.*

7   *Ablaufplan: 0900 Einlassbeginn Besucher über Wache „Ost" nach vorheriger Registrierung. Danach Führungen über Gelände durch Soldaten des 2. und 3. Zuges 5./PzBtl.*
1000 Vorführungsbeginn Waffentechnik Exerzierplatz, verantwortlich Unteroffiziere und Mannschaften 5./PzBtl.
ab 1100 Versorgung Besucher und Mannschaften über Truppenküche.
1200 Vorführung Schusswaffen bei Panzerhallen.
1230 Vorführung „Wartburg".
1330 Ende und Verabschiedung Besucher und nicht wachhabende Mannschaften.

8   *Sonderbefehl. 114/1: Alle teilnehmenden Offiziere, Unteroffiziere und Mannschaften 1. und 5./PzBtl. erhalten als Kompensation für*

Der Obergefreite betrachtete aus dem Fenster seiner Unterkunft belustigt die sich zum Biwak im angrenzenden Wald formierenden Reihen der jungen Fallschirmjägerrekruten. Ganz reichte der Platz zum Formieren für die rund 100 Soldaten in der neuen Tarnfleckuniform nicht aus, da der Exerzierplatz für sie gesperrt war. So mussten sie mit ihrer vollständigen Ausrüstung dicht an dicht gedrängt auf den Abmarschbefehl warten, währenddessen sich gleichzeitig die zum Dienstantritt erscheinenden Soldaten der 5. Kompanie durch diese Masse hindurchzwängten – zum Teil unter Benutzung unflätiger Worte und purer Kraft.

Schon äußerlich unterschied man sich deutlich. Während die Panzertruppe einen einteiligen, tarngefleckten Overall, „Panzerkombi" genannt, mit schwarzem Barett trug, nutzte die Fallschirmtruppe weiterhin einen Zweiteiler, bestehend aus Jacke und Hose in Tarnfleck, und dazu das purpurne Barett. Der Blick des Obergefreiten wanderte in den Himmel. Das Rot der Morgensonne schien den Wetterbericht des Vortages und das alte Brandenburger Lied mit dem Adler zu bestätigen. Ein sonniger Tag bahnte sich an. Sein Blick schweifte weiter über die geparkten Fahrzeuge auf dem Exerzierplatz und blieb am weit entfernt stehenden „Leo", seinem eigenen, hängen. Planmäßig würde dieser Tag *sein* großer Tag werden. Dafür hatten er und seine Kameraden des 1. Zuges seit Tagen die sogenannten „Rüsselschweine" auf Vordermann gebracht – eine Vollreinigung, die so manches Erinnerungsstück der letzten Monate zum Vorschein gebracht hatte. Am Vortag hatten sie dann die drei Panzer von der Halle im Schritttempo auf den Exerzierplatz überführt und die letzten Funktionstests durchführt und danach in Vorfreude auf den heutigen Tag gefeiert.

Nun funkelte der Exerzierplatz im ersten Sonnenlicht des Tages und er freute sich auf die beiden Teile seiner Familie –

Mutter, Vater und Bruder sowie seine zukünftigen Schwiegereltern und natürlich seine zukünftige Frau. Besonders die beiden „Väter" redeten seit Wochen von nichts anderem mehr als von diesem Besuch, waren sie doch der Meinung, dass diese Armee keine richtige Armee sei, und wenn sie nur gewusst hätten, dass am Wochenende alle Soldaten zu Hause gewesen seien, sie wären mit ihrer Armee innerhalb weniger Stunden zum Rhein „durchgerollt".

Über solche Bemerkungen konnte der Obergefreite nicht lachen, da durch einen Wink des Schicksals seine Truppenverwendung als Wehrdienstleistender nicht heimatnah bei seiner zukünftigen Frau erfolgte, sondern in unmittelbarer Nähe seines Geburtsortes. Damit entfiel das sogenannte „Heimschlafen" und er musste sich die Abende und Nächte in der Kaserne um die Ohren schlagen. Höhepunkt dieses „Verwendens" war der Aufenthalt auf dem Truppenübungsplatz. Zuerst sollte es nach Kanada gehen, doch dann sollte einem russischen General mit einer Vorführung auf einem ehemaligen Übungsplatz der Roten Armee in der Heide bei Stendal gehuldigt werden. Fünf Wochen Übung an Übung, kein Urlaub, obwohl nur 50 Kilometer von seiner zukünftigen Frau entfernt, und wer fehlte am Ende? – Der General. Dafür durfte der Obergefreite an diesem Tag aber als Fahrer des Zugführers an der Waffenvorführung teilnehmen und er hatte das Privileg erhalten, mit seinem „Leo" über den alten PKW des Leiters der Waffenelektronikabteilung zu fahren. Sein ursprünglicher Kommandant durfte dieses Spektakel nicht mehr mitverfolgen, da er zum Studium versetzt worden war. Der Neue, Unteroffizier Richter, hatte ihn am Vortag kurz mit den Worten „langsam ran, Vollgas und dann genießen" eingewiesen.

*

Pünktlich um 09.30 Uhr erblickte er vom Tor der Kaserne aus seine Familie auf dem vorgelagerten Parkplatz. Da waren seine Mutter, sein Vater, sein Bruder und eine weitere Person, die er aus der Entfernung nicht erkennen konnte. Bevor er weiter

10

darüber nachdenken konnte, sah er seine zukünftige Frau und deren Eltern unmittelbar neben sich. Nach kurzer und inniger Begrüßung gesellte sich der andere Teil der Familie dazu. Damit lüftete sich das Geheimnis um die Person: Es war sein Großvater.

Den fragenden Blick erkennend, erklärte dieser auf seine typischen Art: „Das interessiert mich." Und fixierte sofort die diensthabenden Torposten. „Ist das da eine Ordonanzpistole im Halfter und hat der andere eine Schmeißer-MP um?", fragte er und ohne die Antwort abzuwarten, lief er zu ihnen, die er sofort in ein Gespräch verwickelte. Die Familie gesellte sich nach einiger Zeit zu ihm und erlöste die sichtlich überforderten Posten. Der Obergefreite führte seine nun versammelte Familie auf das Gelände der Kaserne und wies sie in den Tagesablauf und die geplanten Aktivitäten ein. Seine Teilnahme an der Vorführung „Wartburg" behielt er aber für sich.

Die Familie beschloss zusammen zu bleiben und folgte dem Rat des Obergefreiten, der sich zum Dienst abgemeldet hatte, sich zuerst den Exerzierplatz anzusehen. Hier herrschte schon der erwartete Andrang. Der Obergefreite, nun ganz in der Rolle des erklärenden Fahrers, zog seine zukünftige Frau auf seinen Panzer, ließ sie auf dem Fahrersitz Platz nehmen und schloss die Luke – nur kurz, denn in ihren erschrockenen Augen konnte er so etwas wie Platzangst erkennen. Aufgrund des weiter zunehmenden Zuschauerstromes beschloss die Familie, sich erst zur Waffenvorführung wieder zu treffen.

Nach gut zwei Stunden war es dann so weit. Was war das für ein Anblick! Der Obergefreite hatte auf Befehl des Unteroffiziers seinen Leo angelassen und in Schrittgeschwindigkeit zum Vorführraum gefahren. Dort näherte sich die Waffenvorführung langsam ihrem Ende. Durch die Blickwinkel sah er in einer angemessenen Entfernung den PKW stehen und hörte durch den Kopfhörer nochmals die ruhige und unaufgeregte Stimme des Kommandanten: „Sie fahren schnell an, bremsen dann vorher ab und lassen den Leo mit dem ersten Gang ganz langsam auf den PKW aufschieben. Wenn sie zu schnell sind, schieben sie ihn vor sich her – und das wollen wir doch nicht, oder?"

Bald darauf ertönte der erlösende Befehl und ab ging es. Wie festgelegt, näherte sich der Panzer schnell dem zu überrollendem PKW. Anstatt abzubremsen, prallte er frontal mit der Front auf und schob das Auto etliche Meter vor sich her. Der Befehl „Panzer halt! Rückwärts und nochmal!" folgte zwangsläufig. Beim zweiten Mal funktionierte es besser. Der Panzer drückte den PKW zusammen und die linke Kette hinterließ einen Abdruck längs durch das gesamte Auto. Durch die Blickwinkel sah der Obergefreite den Beifall der Zuschauer. Nach dem Abfeuern einer Salve Platzpatronen aus dem Bord-MG, was in der Enge der Panzerhallen sehr laut war, rollte der Obergefreite seinen Leo letztmalig zum Parkplatz zurück. Damit war der Tag für ihn beendet. Seine Familie erwartete ihn schon.

Noch im Glücksgefühl der vollbrachten Tat bemerkte er, dass etwas nicht stimmte. Seine Mutter teilte ihm mit, dass sein Großvater seit einiger Zeit nicht zu finden sei. Man beschloss, ihn aufgeteilt zu suchen. Mit seiner zukünftigen Frau und seinem Bruder sollte er den Weg zur Unterkunft und einen Teil des Exerzierplatzes absuchen. Auf dem Weg zu seiner Stube trafen sie den Spieß der Kompanie, einen waschechten Bayern. Dieser sprach sie sofort an: „Toller alter Mann, kennt sich aus, hat viel erlebt. Gelegentlich sollten wir uns, Herr Obergefreiter, mal unterhalten. Ach so – und falls Sie ihn suchen. Die Unteroffiziere im Zelt der Handfeuerwaffen können gar nicht genug von ihm bekommen."

Die kleine Gruppe eilte zum Zelt vor dem Kompaniegebäude. Der Obergefreite glaubte seinen Augen nicht zu trauen. Da saß sein Großvater an der MG 3-Lafette zur Fliegerabwehr mit beiden Händen am Abzug und erklärte den Vorhalt beim Beschuss von Flugzeugen. Ein Unteroffizier drehte sich um und bemerkte: „Der hat es drauf, der hat Ahnung!"

Der Obergefeite war verwirrt. Gelegentlich hatte sein Großvater über den Krieg gesprochen, zumeist über seine Gefangenschaft. Aber wie das bei jungen Menschen nun ist, hatte er nie richtig zugehört. Nur Bruchstücke waren da – Flieger, Krim, Kaukasus, Odessa, Verwundung … Was war da dran? Waren die vielen Reisen, auch mit ihm als Jugendlicher, in die ehemalige

UdSSR und insbesondere in die Region des Schwarzen Meeres eine Rückbesinnung oder ein Abschluss gewesen? Was hatte Willi erlebt?

Groß Born Spätherbst 1942

Der Reichsminister der Luftwaffe und Oberbefehlshaber der Luftwaffe.
Luftwaffen-Personalamt Nr. 64700/42
Hauptquartier des Ob.d.L. 17.9.1942

Der Führer hat mir den Auftrag erteilt, aus Angehörigen meiner Luft-
waffe einen starken Verband aufzustellen, dessen Aufgabe es sein soll, in
die Erdkämpfe der Ostfront einzugreifen. Ich bin entschlossen, demzufolge
eine Kerntruppe zu bilden, die die ihr vom Führer zu stellenden Aufgaben
restlos zu erfüllen imstande ist – eine Truppe, die im Angriff bedenkenlos
und unaufhaltsam vorwärts stürmt und in der Verteidigung keinen Fuß
breit Boden preis gibt. Hierzu brauche ich Führer-Grade, vom Leutnant
bis zum Obersten, vom Zug bis zum Brigadeführer. Ich rufe zur freiwilli-
gen Meldung alle jene in Erd- und Bodendiensten der Luftwaffe eingesetz-
ten Offiziere, die – ohne Rücksicht auf Waffenart und Dienstverhältnis
– sich beherzt und hart genug fühlen, ihre Leute kühn und erfinderisch in
den Unbilden eines russischen Winters gegen einen verschlagenen und ver-
bissenen Gegner führen – ja darüber hinaus sie zu heldenhaften Taten mit
sich fortreissen können. Durchdrungen von der Gewißheit, daß allein der
Geist die Truppe formt, lege ich wenig Wert auf den Stand der Ausbildung
– sie läßt sich erwerben; entscheidend ist vielmehr, daß sich nur ganze Kerle
um die Fahnen der Feldbrigaden scharen, einsatzfreudig, wagemutig und
opferbereit. Wer sich diesem Korps freiwillig verschreibt, muß es mit star-
kem Herzen und ohne Rückhalt tun, er kann aber auch bei vorbildlicher
Haltung im Kampfe besondere Berücksichtigung hinsichtlich Beförderung
und Auszeichnung erwarten. Ich weise alle vorgesetzten Dienststellen an,
alle Meldungen dieser Art ungesäumt über das Luftwaffen-Personalamt
mir zuzuleiten; ich behalte mir die Auswahl persönlich vor.
Göring (Reichsmarschall)[2]

Willi und Fritz hatten sich irgendwie gesucht und gefunden.
Kurz nach seinem achtzehnten Geburtstag wurde Willi einbe-
rufen und durchlief wie alle die Grundausbildung. Aber nicht

---

[2] Haupt, W., Die deutschen Luftwaffen-Felddivisionen 1941-1945, S.20.

im Feldgrau der Wehrmacht, sondern im Blau der Flieger der Luftwaffe. Schon seit seinen frühen Kindertagen begeisterte er sich für alles, das irgendwie fliegen konnte. Als Schüler trat er dem lokalen Segelfliegerclub bei und erlernte das Fliegen. Was waren das für Stunden über dem Fliegerhost gewesen, abgehoben und vogelfrei? Damit war klar, dass er irgendwann Pilot werden wollte. Während der ersten Musterung tat er dies auch kund, als er auf die Frage des verantwortlichen Leutnants nach seinem Verwendungswunsch antwortete: „… Na zur Luftwaffe, Herr Leutnant, wohin sonst!"

Somit wurde er im Oktober des Jahres 1941 zur Luftwaffe und nicht zum Heer eingezogen und durchlief die Grundausbildung in der Nähe seines Heimatortes. Nach dem Aderlass der Luftwaffe bei der verlustreichen Besetzung Kretas, wurde jedoch umdisponiert und Willi wurde im Frühwinter des Jahres 1941 nach erfolgreichem Abschluss der Grundausbildung auf den Fliegerhorst Trebbin bei Berlin versetzt. Dort sollte er eine zehn-monatige Ausbildung zum Piloten eines Lastenseglers DFS-230 durchlaufen. In Trebbin lernte er auch den gleichaltrigen Fritz aus Potsdam kennen. Dessen Vita war ähnlich. Da sein Vater Pilot im Ersten Weltkrieg gewesen war, stand für den jungen Fritz eigentlich immer fest, es ihm gleich zu tun.

Und was war das für eine Zeit in Trebbin? Anders als in der Grundausbildung war der Ton dort ein anderer. Zwar wurde mit der gleichen Inbrunst früh morgens das „Koooompanie aufsteeeeehhhnnn" gebrüllt, aber nicht um 04.30 Uhr, sondern zur „christlichen Zeit" um 06.30 Uhr. Dann begann ein klar auf Ausbildung geplanter Tag ohne die üblichen Schikanen der Grundausbildung wie stundenlanges Exerzieren mit oder ohne Gewehr, „links-rechts-geradeaus", „Stellung" oder „auf-auf, schneller-schneller". Auch der Ton des Ausbildungspersonals war ein anderer. Erfahrene Frontsoldaten ließen den strengen Kasernenton hinter sich und beschränkten sich auf die Ausbildung.

Nach erfolgreichem Gesundheitscheck wurde vormittags zumeist Theorie gebüffelt. Funknavigation, Luftfahrzeugkunde, Meteorologie oder Waffenkunde. Am Nachmittag dann der

Praxisteil. Dieser erfolgte zuerst mittels Segelflugzeugs und dann mit dem Lastensegler DFS 230 ohne Fallschirmjäger. Gegen Ende des Lehrganges sollte dann das Absetzen unter Einsatzbedingungen erfolgen. Gegen 17.00 Uhr wurde der Dienst beendet und nicht wie gewohnt bis 24.00 Uhr mit Waffen- und Revierreinigen ausgedehnt. Willi und Fritz nutzten die zum Teil freien Wochenenden zum gegenseitigen Besuch ihrer Familien oder sahen sich die Sehenswürdigkeiten des nahen Berlins an. Stolz trugen sie dabei ihre blaue Uniformjacke mit der einzigen Auszeichnung, dem goldenen Sportabzeichen, nannten sich aber nicht Gefreiter – die Beförderung war noch nicht erfolgt – sondern „Flugzeugführer". Dies taten sie bei jeder Gelegenheit, was unweigerlich zu dem einen oder anderen Rendezvous führte. Nach erfolgreichem Abschluss des Lehrganges sollte dann die Truppenverwendung folgen oder im besonderen Falle die Ausbildung zum Piloten. Soweit der Plan.

*

Nachdem Willi, der als mittelgroß eingeschätzt wurde und eine gerade Gestalt besaß, sich in seinem Tagtraum schon als erfolgreicher Jagdflieger an der Front sah, reihenweise die gegnerischen Flugzeuge ganz ritterlich vom Himmel holte und die am Rettungsfallschirm hängenden Piloten des Gegners mit seiner Messerschmidt bis zum sicheren Boden begleitete, holte ihn die Stimme des Stubenältesten Hans in die Realität zurück. Dieser hatte die Tür aufgerissen und brüllte so laut er konnte: „Achtung!"

Willi und die anderen in der Stube befindlichen „Flugzeugführer" standen augenblicklich stramm; keine Sekunde später erschien der diensttunende Oberfeldwebel Meyer. Nach erfolgreicher Meldung durch Hans musterte er die angetretenen Soldaten, blickte vom einen zum anderen und donnerte mit seiner tiefen Stimme los: „Meine Herren, rühren Sie sich. Von diesem Moment an haben sie 30 Minuten Zeit, ihre gesamte Ausrüstung und sich selber auf den Exerzierplatz zu bringen. Vergessen Sie nichts – Sie kommen nicht wieder!"

Die fragenden Blicke der Angetretenen genießend, setzte er fort: „Per Eilerlass werden alle Angehörigen des auszubildenden fliegerischen Personals dieses Fliegerhorstes sofort zur Luftwaffen-Erdkampfschule nach Groß Born in Marsch gesetzt. Dazu gehören Sie! Was sie dort erwartet, kann ich Ihnen nicht sagen. Nur so viel, ihre vielversprechende Karriere als Pilot ist erstmal vorbei. – Fragen?"

Willi blickte zu Fritz und nickte diesem leicht zu.

„Herr Oberfeld! Geht es an die Ostfront oder hat der ‚Herr Meier' etwas anderes mit uns vor?", fragte er, offenbar für alle.

Der Oberfeldwebel schmunzelte über die Bemerkung, wissend, dass es sich bei Herr Meier um den Spitznamen von Göring handelte, und ließ sich mit der Antwort Zeit. Doch dann holte er Luft und sagte: „Ich kann nur sagen, dass der ‚Herr Meier' wie schon vor einem Jahr bei Dünkirchen vor dem England-Debakel dem größten Feldherrn aller Zeiten zehn Divisionen der Luftwaffe zum Kampf gegen die Feinde des Reiches versprochen hat. Und dazu gehören ab sofort Sie!"

Willi glaubte, seinen Ohren nicht trauen zu können – zur Luftwaffeninfanterie? Dafür war er nicht ausgebildet worden, dafür hatte er nicht stundenlang mit Fritz und den anderen Theorie gebüffelt und den Traum vom Fliegen geträumt. Infanterie – was das bedeutete, hatte er in einigen Wochenschauen gesehen. Marschieren, kämpfen, marschieren und wieder kämpfen. Dazu die Weite in Russland, der Staub, der Regen und die Kälte. Auch in seinem Heimatort waren relativ schnell nach dem Beginn des Russlandfeldzuges die ersten Vermissten- und Todesanzeigen erschienen, hatten Nachbarn die ersten Familienangehörigen verloren. Gerüchte, der Russe kämpfe anders als der Franzose, härter und bis zum Tode, machten die Runde. Nein, dorthin wollte er nicht.

Er sah den Oberfeldwebel an und fragte in ruhigem Ton: „Sind wir dafür ausgebildet worden?"

Der Oberfeldwebel hatte diese Frage offenbar erwartet und antwortete: „Nein, aber Soldaten gehorchen und hinterfragen nicht laut!"

Diesen Ausspruch sollte Willi seinen Lebtag nicht wieder vergessen – gehorchen und die Klappe halten, egal wie der Befehl lautete. Oberfeldwebel Meyer beendete seine Ansprache und bemerkte kurz: „Achtung! Denken Sie an die Zeit! Und … ich wünsche alles Gute für die Zukunft!"

Dann drehte er sich um und verschwand. Die nun folgende Stille auf der Stube war unerträglich, bis Fritz das Wort ergriff:

„Ihr habt gehört, was der Oberfeld gesagt hat. Macht euch fertig."

Innerhalb der vorgeschriebenen Zeit waren sie marschbereit auf dem Exerzierplatz angetreten. Nach der blumigen Abschiedsrede durch den Kommandanten des Fliegerhorstes, wurden sie und ihr Gepäck auf LKW verladen und zum nächsten Bahnhof gebracht. Hier wartete schon ein Fronturlauberzug aus Berlin auf sie, der in Richtung Danzig fuhr. Ein neues Kapitel begann für Willi, Fritz, Hans und die anderen – der Krieg.

*

Der Nachtmarsch bei strömendem Regen und das permanente „in Stellung gehen" hatten alle Beteiligten nach drei Tagen im Biwak an den Rand der Belastbarkeit gebracht. Der Morgen graute bereits und sowohl Willi als auch Fritz waren schlichtweg fertig – müde, durchnässt, hungrig. Sie sehnten sich nach einer wärmenden Dusche und viel Schlaf. Willi blickte aus dem provisorisch angelegten Schützenloch über das MG auf dem Zweibein auf die Lichtung des Schießplatzes und versuchte den imaginären Feind zu finden. Sein „Spannemann" Otto, ein gemütlicher Bayer, schlief neben ihm tief und fest. Einige Schützenlöcher weiter lag Fritz mit seinem zweiten MG-Schützen Horst, der wie Otto ebenfalls aus dem Süden, aber aus Franken, stammte, wie er gleich mitgeteilt hatte.

Nach ihrer Ankunft in Groß Born waren sie den länger dienenden Kameraden zugeteilt worden und hatten sich schnell mit den Angewohnheiten der „Herren Flugzeugführer" vertraut gemacht. Die Kompanie, in der Willi und die anderen zusammengefasst wurden, gehörte zum 4. Jäger-Bataillon von vieren der neu aufgestellten 5. Luftwaffen-Felddivision. Zugeteilt wurden sie der 2. Kompanie und dort dem 1. Zug – Willi in der 2. Gruppe und Fritz in der 3. Gruppe. Sie wurden neu ausgerüstet und glichen buchstäblich den Infanteristen des Heeres. Einzig die blaue Dienstjacke mit den grünen Kragenspiegeln der Jäger wies sie als Luftwaffenangehörige aus.

Seit nunmehr drei Wochen wurden immer mehr Soldaten der Luftwaffe nach Groß Born zugeführt und infanteristisch ausgebildet. Da Willis Truppe zu den ersten der neu zu bildenden Divisionen gehörte, war ihre Ausbildung dementsprechend die intensivste. Neben dem Soldateneinmaleins lag der Fokus auf der Schießausbildung mit den Handfeuerwaffen und dem neu eingeführten MG 42.

Inzwischen war der „Trebbiner Trupp" zu Gefreiten befördert worden. Damit waren sie für die frisch rekrutierten Flieger so etwas wie „Vorgesetzte". Dies äußerte sich darin, dass Willi und Fritz praktisch das Maschinengewehr bedienten und trugen, während Otto und Horst die zusätzliche Munition in Kästen und ihr eigenes Gewehr 98 schleppten. Schon bald nach den ersten Übungen mit ihrem neuen Gerät machte ein geflügeltes Wort die Runde: „Der Luftwaffenjäger stirbt nicht im Kampf, er trägt sich Tod!"

Doch das Gewicht war in dieser Nacht nicht das Problem. Der stete pommersche Regen war praktisch überall. Zwar hatten sowohl Willi und Otto ihre Regenplane über den Stahlhelm und den Oberkörper gezogen, dennoch war die Uniform darunter genauso nass wie die Stiefel. Die Winterbekleidung war zwar schon ausgegeben worden, aber der Befehl, sie stetig zu tragen, war noch nicht ergangen. Durch den leichten Dunstschleier bemerkte Willi auf der anderen Seite der Lichtung eine leichte Bewegung – wahrscheinlich ein sich aufklappendes Ziel. Er weckte augenblicklich Otto. Da sie in permanenter Alarmbereitschaft waren, lagen die Munitionsgurte griffbereit. Otto öffnete den Deckelriegel und legte einen Gurt ein. Gespannt und nun geladen warteten sie auf weitere Befehle.

In diesem Moment erschallte der Ruf: „Alarm!" Es folgte: „Feuern nach eigenem Ermessen auf Sichtziele!"

Wer auch immer der Rufer war, wusste, dass bei diesem Wetter Ziele praktisch nicht sichtbar waren. Dennoch schossen Willi und der etwas weiter positionierte Fritz fast zugleich. Als der erste Gurt geleert war, legte Otto den zweiten Gurt ein, vergaß dabei aber, dass er nicht den heißen Lauf des MG berühren sollte. Sein Schrei war ohrenbetäubend. Willi beendete sofort das Schießen, was den Zugführer auf den Plan rief. Doch bevor dieser eine Bemerkung machen konnte, sah er das Problem und rief so laut er konnte: „Das Schießen einstellen, das Schießen einstellen! Die Übung ist beendet!"

Er betrachtete Otto und dessen linke Hand und befahl sofort den Sani der Einheit zur Stelle. Dieser sah sich das Dilemma an, verband es notdürftig und geleitete Otto zum vorher bestimmten Verbandsplatz. Für Willi und den Rest des Zuges endete damit der „Ausflug". Das bestimmende Gesprächsthema auf dem Weg in die Kaserne war natürlich Otto. Die Sorge um ihn wich mit zunehmender Zeit und der typische Soldatenzynismus gewann die Oberhand. Horst bemerkte: „Vielleicht hat er das ja nur getan, um nicht an die Front zu müssen!"

Andere mutmaßten sogar, dass er auf Dienstuntauglichkeit und Entlassung abzielen würde. Als der Zug nach gut zwei Stunden das Kasernentor erreichte, wurde er schon von einem einarmig dick bandagierten und gutgelaunten Otto erwartet. Dieser hatte seinen „Vorsprung" genutzt, um sich zu waschen und zu frühstücken. Er sagte zu Willi: „Für eine kurze Zeit wirst du ohne mich auskommen müssen. Ich gehe für 14 Tage auf Heimaturlaub. Aber dann bin ich wieder da." Doch dazu sollte es nicht kommen.

*

Führerbefehl vom 13. September 1942 betr. Ablösung abgekämpfter Divisionen aus dem Osten
Der Führer

F.H.Qu., 13.Sept. 1942 OKW/WFST/Nr 551591/42 g.K. Chefs.
Geheime Kommandosache 10 Ausfertigungen
Chefsache!

2. Ausfertigung nur durch Offizier!
Betr. Ablösung abgekämpfter Divisionen aus dem Osten

3. Darüber hinaus wird der Ob.d.L. die Luftwaffen-Feldeinheiten auf die Stärke von etwa 10-12 Luftwaffen-Feldbrigaden bringen, die ebenfalls als Ersatz für abzulösende Verbände oder Eingreifreserven zur Verfügung stehen. Für diesen Einsatz gelten dabei folgende Richtlinien:

a)   Die Luftwaffen-Feldbrigaden sind geschlossen einzusetzen. Ein Zerreißen der Verbände hat zu unterbleiben.

b)   Da die Luftwaffen-Feldbrigaden eine vorwiegend infanteristische Kampfkraft darstellen, ist ihre taktische Unterstellung unter Verbände des Heeres erforderlich, um ihre artilleristische Unterstützung, ihre Ausstattung mit Spezialtruppen und ihre Versorgung sicherzustellen.
gez. Adolf Hitler

Verteiler:
Gen.St.d.H./Op.Abt. 1. Ausf.
Gen.St.d.H./Org.Abt. 2. Ausf.
Ob.d.L./Lw.Fü.St. 3. Ausf.
OB West 4. Ausf.
OKW/WFst. 10. Ausf.
W.Bfh. Norwegen im Auszug fernschriftlich.[3]

---

[3] Schramm, P.E. (Hrsg.), Kriegstagebuch des Oberkommandos der Wehrmacht (Wehrmachtführungsstab), Band II 1. Januar 1942 – 31. Dezember 1942, München 1982, S. 1298ff.

„Alarm" und immer wieder „Alarm". Im Unterbewusstsein kämpfte Willi gegen den Drang an, die Augen zu öffnen. Doch dieses „Alarm" kehrte immer wieder und kam sogar noch näher. Er öffnete blinzelnd die Augen und bemerkte durch die engen Spalten das voll eingeschaltete Licht der Stube. So langsam gewöhnte er sich an die Helligkeit und bemerkte die hektische Betriebsamkeit seiner Kameraden. Wieder das „Alarm", aber diesmal vom Flur her und sich entfernend. Willi entdeckte Otto, der sich bemühte mit dem verbundenen Arm vom Doppelstockbett herunterzukommen. Er sprang auf, half Otto und fragte in die Runde: „Was ist los"?

Eine Antwort bekam er nicht, zog sich aber schnell an. Da allgemeine Alarmbereitschaft galt, befanden sich die notwendigen Dinge direkt an seinem Bett – Uniform, Knobelbecher mit Filzeinlagen, Stahlhelm, das sogenannte „Gerödel", das am Körper befindliche Gehänge. Da die Biwaksachen noch nass waren, bekleideten sich alle Stubenmitglieder mit der seit dem Vortag per Befehl genehmigten Winterbekleidung. Dies schloss neue, kürzere Stiefel mit Filzeinlage, Unterwäsche und die neue Wendewinterjacke, außen feldgrau und innen weiß, ein. Diese fußte auf den Erfahrungen des ersten Russlandwinters und galt als gute Entscheidung des „Nachschubs". Angezogen und in aller Hast die Knöpfe schließend, rannte die Stubenbesetzung zum Exerzierplatz. Das ganze Bataillon war im Antreten begriffen. Nach dem obligatorischen „Achtung" bewegte sich der Bataillonskommandeur aus einer Gruppe von Offizieren, in der auch der Divisionsstab mit stellvertretendem Divisionskommandeur vertreten war, in das an einer Seite offene Viereck.

Viel Prominenz, dachte Willi und fragte sich, was jetzt wohl kommen werde.

„Soldaten des 4. Bataillons. Ich verlese einen Befehl des Reichsmarschalls mit heutiger Wirkung. Ab dem heutigen Datum verlegt die 5. Luftwaffen-Felddivision auf dem Wege des Bahntransportes nach Osten. Ziel ist Simferopol auf der Krim. Wir lösen zwecks Sicherungsaufgaben an der Küste des Schwarzen Meeres und im Inland die aufgefrischte 50. Infanteriedivision ab, die in den Kaukasus verlegt wird. Alles Material der

Division und ihrer Speerspitze des 4. Bataillons wird mitgeführt. Die Kompanie- und Zugführer werden ihren untergebenen Einheiten die wesentlichen Informationen geben. – Wegetreten."

Sofort begann den Platz ein Raunen und Getuschel zu füllen. Auch Willi war erstaunt. Russland, Krim, Ersatz, Küste, Inneres! Fritz eilte herbei und beide wussten nicht, was dies bedeuten sollte. Zumindest zunächst augenscheinlich keine Kampfhandlungen, sondern nur Sicherung.

Zurück auf der Stube begannen sie ihre Ausrüstung in die obligatorischen Kleidersäcke, soldatisch „Seesack" genannt, zu verstauen. Bald schon erschien der Gruppenführer. Er verkündete: „Unsere Kompanie wird am Verladepunkt der Eisenbahn heute Nachmittag um 1600 auf die Personenwaggons 3 bis 5 verteilt. Die persönliche Ausrüstung in den Seesäcken wird in die davor oder danach angekoppelten Güterwagen abgeladen. Schreibt an die Angehörigen und gebt die Feldpostnummer zwecks Nachsendung nochmals an. Die Reise geht über Warschau und Kiew nach Simferopol. Für Verpflegung ist gesorgt. Die Stabskompanie ist zurzeit damit beschäftigt, alles Mechanisierte einschließlich der Sturmgeschütze sowie Waffen und Munition auf die Vorausabteilungen zu verteilen. In Simferopol kommen wir dann zusammen. Was da dann passiert – keine Ahnung."

Damit war klar, dass die Masse der Division in Teilen verlegt und dies mehrere Tage andauern wird.

Nachdem er seine persönlichen Sachen verstaut hatte, schrieb Willi wie angeraten noch schnell eine kurze Postkarte an seine Eltern. Dabei wurde er von Otto gestört, der völlig aufgelöst mit seiner dick verbundenen linken Hand die Stube betrat.

„Oane Sauerrei is dös. I werd letscherd. I muss mit!" Ins Hochdeutsche zurückkehrend teilte er mit, dass Genesungsurlaub gestrichen sei und er auf der Zugfahrt vom Sani des Zuges betreut werde. An eine Zeit im Einsatz ohne Otto hatte Willi überhaupt nicht gedacht und war deshalb irgendwie froh, Otto bei sich zu haben, obwohl er durchaus Mitleid mit ihm hatte. Er half ihm deshalb, seine persönlichen Sachen zu verstauen, und dann warteten sie alle gemeinsam auf den Abmarsch zur Bahn. Dieser erfolgte planmäßig.

Im Eisenbahnwaggon verstauten Willi und die anderen die Waffen im obigen Gepäcknetz. Die Seesäcke hatten sie im Güterwaggon dahinter abgegeben, in der Hoffnung, den eigenen auch wiederzubekommen. Kaum Platz genommen, ruckte der Zug auch schon an und setzte sich in Bewegung. Zuerst vorbei an den dichten Kiefernwäldern, dann in den urbanen Raum von Danzig und weiter in Richtung Warschau. Gelegentliche Stopps außerhalb der Bahnhöfe nutzten sie zur Notdurft und manchmal auch zur Orientierung. Nach drei Tagen kaum unterbrochener Fahrt und schon ausgerüstet mit dem typischen „Bahnwackeln", bei dem sich der Körper wie auf dem Meer den Bewegungen des Beförderungsmittels anpasst, erreichten sie die Hauptstadt der Ukraine – Kiew. Größere Zwischenfälle, wie man sie bei den Wachaufzügen an den Haltepunkten durch Flieger oder Partisanen erwarten durfte, gab es nicht.

Nachdem sie die polnisch-ukrainische Grenze bei Brest passiert hatten, sahen sie den Krieg. Der Kampf um die Festung hatte vor gut einem Jahr starke deutsche Kräfte gebunden und war für beide Seiten sehr verlustreich gewesen. Links und rechts der Bahnlinie sahen sie regelmäßig zerstörtes Kriegsgerät beider Seiten. Zumeist sowjetisches Gerät zeigte die Heftigkeit der Kämpfe. Insbesondere die Momentaufnahme einiger zerstörter russischer Panzer hinterließ bei Willi ein unangenehmes Gefühl. Zum Teil fehlten den Wannen die Ketten oder der Panzerturm. Dieser lag dann einige Meter weiter auf dem Kopf. Welche unheimliche Wucht hatte diese tonnenschweren Konstrukte derart bewegt? Stukas? Willi hatte schon in Trebbin bei Vorführungen der Wochenschau gesehen, wie präzise diese Ziele in Frankreich bekämpft hatten. Für die Panzerbesatzung gab es da definitiv kein Überleben. Er stellte sich bildlich vor, wie grausam der Verbrennungstod sein musste, und schwor sich, niemals ein solches Ding zu betreten.

Vereinzelt sah er Menschen, die irgendwie ihrer Tätigkeit nachgingen. Gelegentlich näherten sich Kinder bei Langsamfahrt dem Zug und zeigten das Symbol für Essen. Bereitwillig gaben die Landser ab. Mitunter ernteten sie dankbare Blicke. Willi überkam aber das Gefühl, Verzweiflung und Ratlosigkeit zu sehen, wenn er in die traurigen Augen blickte.

Fritz sagte zu ihm: „Irgendwie fragen sie uns, was wir hier wollen. Und ich habe das Gefühl, ich frag' mich das auch!"

So langsam änderte sich auch die Landschaft. Die dichten Wälder Ostpolens und der nördlichen Ukraine wichen der typischen Steppe – endlose Grasflächen oder Felder, die jetzt im Winter wie gezuckert erschienen. Bei Otto setzte sich der Heilungsprozess fort. Nachdem man ihm den Verband abgenommen hatte, konnte er immerhin die Hand wieder öffnen und schließen. Regelmäßig trug ihm der Sani Brandsalbe auf und wies ihn auch darauf hin, dass ab sofort Waschen wieder möglich sei. Aber das war das Problem aller. Körperliche Hygiene war im kleinen WC für fast 100 Mann nur mit absoluter Planung möglich. Dazu das zu wenig vorhandene Trinkwasser und erst der abgestandene Geruch nach altem Rauch, Schweiß, Waffenöl und eben ungewaschenen Menschen.

Auf dem Verschiebebahnhof von Kiew wurde die gesamte Kompanie auf LKW verladen und zum Duschen, Wäschewechseln, Essen und für einige Stunden Schlafen in einem richtigen Bett in eine ehemalige Kaserne der Roten Armee verbracht. Dann ging die Reise weiter. Nach einem weiteren Tag erreichte der Zug Cherson am Dnjepr, der überquert wurde. Willi hatte noch nie in seinem Leben einen solch breiten Fluss gesehen und wusste zu diesem Zeitpunkt nicht, dass er diese Stadt nochmals wiedersehen würde. Er war auch völlig beeindruckt vom Anblick des Schwarzen Meeres, nachdem sie die Landenge des Perekop überquert hatten. Mitten in der Nacht erreichten Sie Simferopol, die Hauptstadt der Krim. Der Antransport von Teilen der 5. Luftwaffen-Felddivision war beendet und die 50. Infanteriedivision war planmäßig in den Kaukasus abtransportiert worden, ein Transport, den auch Willi und seine Kameraden noch mitmachen würden. Aber das wussten sie zu diesem Zeitpunkt noch nicht.

Sotschi Mitte der 80er

So aufgeregt hatte der Enkel seinen Großvater Willi noch nie gesehen. Eigentlich war dieser ein ruhiger und besonnener Mann. Aber seit einigen Tagen zeigte er eine völlig neue Seite. Alles fing damit an, dass der Reiseleiter von „Intourist" während des typischen Begrüßungscocktails am ersten Morgen nach der Ankunft im Hotel mit Ausflügen warb. Fast schon obligatorisch sollten die Teeplantage in Dagomys und die lange Fahrt über abenteuerliche Straßen zum Ritsa-See im Hochkaukasus gebucht werden. Weiterhin hatten sie sich auf dem Flug von Berlin nach Sotschi-Adler darauf geeinigt, dass dieses Mal, anders als vor zwei Jahren, als sie es verpasst hatten, unbedingt mit dem Tragflächenboot „Raketa" nach Pitzunda in Georgien gefahren werden sollte. Als sie auf das Buchen und Bezahlen warteten, hörten sie, wie ein Sachse den Reiseleiter über die Möglichkeit ausfragte, einen Rundflug in einem Mi-8-Hubschrauber zu buchen. Dieser konnte oder wollte sich dazu nicht äußern, versprach aber, bis zum nächsten Tag Informationen einzuholen.

Nachdem Willi die drei Ausflüge gebucht und bezahlt hatte, hoffte sein Enkel auf ein schnelles Ende der Veranstaltung. Er hatte sich bereits am Vortag während des Fluges mit einem gleichaltrigen Jungen namens Marco angefreundet, der zufälligerweise im gleichen Hotel untergebracht war. Nach dem Frühstück hatten sie sich verabredet, gemeinsam den hoteleigenen Strand zu besuchen. Willi hatte zugestimmt, aber darauf hingewiesen, dass nach dem Mittagessen der obligatorische Besuch des Basars anstehe. So blieb also an diesem Vormittag nicht viel Zeit. Aber irgendwie trödelte sein Großvater herum und machte keinerlei Anstalten, die Veranstaltung zu verlassen.

„Großvater, sind wir hier nicht fertig?", fragte der Enkel und ohne die Antwort abzuwarten, setzte er fort: „Falls du hier noch länger bleiben möchtest, dann haben die Eltern von Marco angeboten, mich mit zum Strand zu nehmen. Hast du damit ein Problem?"

Willi schaute auf seinen Enkel herunter, räusperte sich kurz und sagte: „Hmm, ich habe hier noch etwas zu tun. Geh ruhig mit, sei aber zum Mittagessen wieder da."

Ein kurzer Handgruß von Willi an die bereits am Hoteleingang wartenden Eltern von Marco als Zeichen seiner Zustimmung. Kurze Zeit später, nachdem er sich vergewissert hatte, dass sein Enkel in Richtung Strand unterwegs war, bewegte er sich zum Reiseleiter, der das Hotel soeben verlassen wollte.

„Haben Sie einen Moment Zeit?", fragte er.

Dieser bejahte und wies auf die Lounge-Gruppe. „Bitte setzen Sie sich. Was kann ich für Sie tun?"

Willi nahm wie geheißen Platz und antwortete: „Ich habe Ihr Gespräch mit dem freundlichen Sachsen zwecks Hubschrauberflug mit angehört. Mein Enkel und ich würden gern daran teilnehmen, wenn es bezahlbar ist."

Der Reiseleiter musterte Willi etwas verwirrt. „Ich weiß überhaupt nicht, wer dieses Gerücht in die Welt gesetzt hat. Meines Erachtens ist es Touristen maximal erlaubt, an geführten Bus- oder Bootstouren teilzunehmen – der Sicherheit wegen. Aber wie ich vorhin schon bemerkt habe, werde ich mich erkundigen."

Willi war mit dieser Antwort nicht zufrieden und fragte mit tiefer Stimme: „Wann kann man denn mit einer Antwort rechnen?"

Der Reiseleiter, sichtlich beeindruckt, blickte Willi direkt an, überlegte kurz und antwortete: „Kommen Sie heute Nachmittag gegen 16.00 Uhr in das Hotel ‚Schemtschuschina'. Ich habe dort im Auftrag von ‚Intourist' eine Veranstaltung für westdeutsche Neckermann-Touristen. Da das Hotel eigentlich nur Menschen aus dem kapitalistischen Ausland vorbehalten ist, werde ich Sie an der Rezeption empfangen. Seien Sie also pünktlich."

*

Nach dem Mittagessen und der Mittagsruhe teilte Willi seinem Enkel mit, dass der geplante Ausflug auf den Basar um einen Tag verschoben werde, da er einen wichtigen Termin wahrnehmen müsse. Er stellte ihm frei, mitzukommen oder mit Marco und dessen Eltern wieder den Strand zu besuchen. Die Entscheidung fiel, wie von Willi nicht anders geplant, zugunsten des Strandes aus. Nun konnte er sich um das Projekt „Hubschrauberrundflug" kümmern. Pünktlich, fast schon überpünktlich, erreichte er das Hotel „Schemtschuschina", ein direkt an der Strandpromenade gelegener Großbau der Neckermann-Gruppe mit offiziellen vier Sternen. Da die Längsfront des Hotels in das Landesinnere ragte, konnte man von jedem Balkon aus das Schwarze Meer sehen. Auf dem Dach des Restaurants befand sich der große Außenpool und direkt unterhalb der Promenade der hoteleigene Strand.

Willi durchschritt die Automatiktür und war erstaunt ob der gewaltigen Ausmaße der Eingangshalle. An der Rezeption sah er den Reiseleiter stehen, der sich sehr angeregt mit einem älteren, livrierten Hotelmitarbeiter, den Willi schon irgendwo einmal gesehen hatte, unterhielt. Willi steuerte direkt auf die beiden zu und konnte, als er näherkam, Bruchstücke der in Russisch geführten Unterhaltung aufschnappen. Da „Kawkas", „Elbrus" und „Mi-8" zu vernehmen waren, schien es um den Hubschrauberflug zu gehen. Als er schon fast auf der Höhe des Reiseleiters angekommen war, bemerkte dieser Willi.

„Sie haben mich fast erschreckt. Aber gut, dass Sie da sind. Igor und ich haben gerade über das Problem gesprochen." Bevor er weitersprechen konnte, unterbrach ihn Igor. Dieser streckte die Hand zur Begrüßung in Richtung Willi aus.

„Sdrasdwutje, Willi Arthurowitsch!" Willi schlug ein und antwortete im allerfeinsten Russisch: „Tiu tosche, Igor Wassilowitsch!"

Der Reiseleiter, perplex ob der veränderten Situation, bemerkte: „Kennt ihr euch?"

Und nun war es an Willi, ihm mitzuteilen, dass er Igor schon sehr lange kenne, ihn aber bei einem früheren Urlaub erst wiedergetroffen habe. Dieser war damals Rezeptionist im „Kawkas" gewesen. Wie Willi verfügte Igor über Kriegserfahrung. Während Willi als Luftwaffenjäger gedient hatte, war Igor auf einem sowjetischen Zerstörer im Nordmeer im Einsatz gewesen, da er in Murmansk zur Welt gekommen war. Nach dem Krieg zog es ihn in den deutlich wärmeren Süden, wo er weiter als Soldat diente und kurz vor Ende seiner Dienstzeit für ein Jahr nach Deutschland versetzt wurde. Auf Umwegen gelangte er danach ins Hotelgewerbe. Wie Willi war er verheiratet und hatte mittlerweile sechs Enkel. Schon seit zwei Jahren befand er sich eigentlich im Ruhestand, verdiente sich aber etwas zu seiner Rente dazu.

Erschrocken merkte der Reiseleiter an, seine Uhr betrachtend, dass seine Veranstaltung in Kürze beginnen würde. „Meine Herren, ich verabschiede mich. Klärt das mit dem Rundflug. Ihr kennt euch ja!“

Flugs drehte er sich um und eilte in einen der Konferenzsäle. Willi blickte zu Igor und dieser erwiderte grinsend den Blick. Dabei zeigte er seine zwei makellosen, goldenen Schneidezähne, die seit einer Kneipenschlägerei in den 60ern Jahren sein Markenzeichen waren.

„Willi, du bist wieder einmal hier. Bist du allein? Wo ist deine Familie? Geht es deinem Enkel gut? Wie alt ist der jetzt?“

Willi brauchte einen kurzen Moment, um das Gesagte im Kopf zu übersetzen und Antworten zu finden. „Mein Enkel ist direkt vor dem Hotel am Strand. Der Rest der Familie ist zu Hause und allen geht es gut. Wie läuft es bei dir?“

Bevor Igor antworten konnte, wurde Willi zur Seite weggedrückt. Ein kleiner, dicker Mann, sehr stark schwitzend, in Badeshorts und Flipflops, das Badetuch und eine Umhängetasche lässig über der Schulter tragend, drängelte sich am Tresen entlang. Vor Igor kam er zum Stehen und lärmte sogleich auf Englisch: „Igor, was ist dein Problem? Du wolltest mir einen Hubschrauberrundflug beschaffen. Reicht die Anzahlung von 50 Dollar nicht?“

Igor erblasste augenblicklich und bedeutete dem Engländer, doch bitte etwas leiser zu sprechen. Er zog unter dem Tresen ein kleines Buch hervor, öffnete es, entnahm ihm zwei Tickets mit kleinen Hubschraubersilhouetten und gab sie dem dicken Engländer. Dieser nahm sie begeistert in Empfang und steckte sie in seine Umhängetasche, der er daraufhin eine Geldbörse entnahm. Fünf Zwanzigdollarscheine wechselten den Besitzer.

Nachdem sich der Engländer von der Rezeption entfernt hatte, steuerte Willi auf Igor zu. Er hatte alles mitangesehen und kam direkt zum Thema: „Igor, davon brauche ich zwei! Ich zahle 150 Rubel. Heute 50, den Rest bei Lieferung.“

Daraufhin begann Igor wieder seine Goldzähne zu zeigen und zu lachen. „Willi, für 150 Rubel fliegst du nicht mal eine Platzrunde in Adler. Die Tour für den Engländer geht bis zum Elbrus und zurück. Da musst du mehr bezahlen. So etwa 100 für jeden plus Vermittlung.“

Bevor er weiterreden konnte, sagte Willi: „Gemacht! Ich muss dahin!“ Igor betrachtete Willi und nickte, öffnete wieder sein kleines Buch und reichte ihm zwei Tickets. Ohne darauf zu schauen, zahlte dieser sogleich die geforderten 250 Rubel.

„Willi, warum in Gottes Namen willst du dich in eine solche Klapperkiste setzen? Für das Geld kann man hier hervorragenden Goldschmuck bekommen.“

Willi dachte kurz nach und antwortete: „Ich werde wahrscheinlich nie wieder die Chance haben, es von oben zu sehen.“

Igor starrte ihn an und fragte: „Was Willi, was willst du von oben sehen? Den Elbrus?“

Willis Antwort hatte Igor so definitiv nicht erwartet: „Ich will die Orte sehen, wo meine Kameraden und ich gekämpft haben. Und wo viele von ihnen starben.“ Nach einer kurzen Pause fuhr er fort: „Auf normalem Wege komme ich nur zum Riza-See. Aber das ist weitaus westlicher als der Terek, an dem ich war. Vielleicht kann ich ihn per Hubschrauber von oben sehen.“

Igor wollte darauf erwidern, dass der Flug maximal bis zum Elbrus-Massiv gehe und der Terek noch viel weiter im Osten liege, aber er erkannte in den Augen von Willi Vorfreude und Hoffnung.

„Okay, ich wünsche dir einen angenehmen Flug. Denk aber daran, dass dieser in drei Tagen stattfindet. Danach, mein Freund, kannst du mich hier besuchen und berichten.“

Bevor sie sich verabschiedeten, fragte Willi, ob sein Enkel mit seinem Freund mal das Schwimmbad im Hotel besuchen dürfe.

Igor bejahte dies und sorgte für ein weiteres Highlight, dass der Großvater seinem Enkel präsentieren konnte.

*

Das blaue Meer, steil abfallende Klippen, die Vegetation und der leichte Dunst des Sommertages sorgten auf der Fahrt zum Flughafen im Kleinbus für Abwechslung. In drei Reihen saßen hinter dem Fahrer Iwan der dicke Engländer mit seiner nicht minder dicken Frau, Willi und sein Enkel und eine vierköpfige Familie, der Sprache nach wahrscheinlich Schweden. Alle trugen wie gefordert lange Bekleidung und festes Schuhwerk. Die Luft im Bus war stickig, nur der Fahrtwind der geöffneten Fenster sorgte für eine gewisse Abkühlung. Nach gut einer Stunde erreichte Iwan den Flughafen, nachdem er versucht hatte, jeden erdenklichen Geschwindigkeitsrekord für Kleinbusse zu brechen. Auf dem Parkplatz vor dem Flughafengebäude wies er die Gruppe an, zu warten, während er die Formalitäten des Fluges abwickeln wollte. Nach gut einer halben Stunde erschien er wieder und veranlasste die Gruppe, ihm zu folgen. Durch einen Seiteneingang erreichten sie einen großen Raum, in dem sich mehrere Grenzpolizisten und Soldaten befanden. Weitere Urlauber standen oder saßen am Ende des Raumes und warteten. Hier war es noch stickiger als im Kleinbus, eine Klimaanlage oder Ventilationsanlage schien es nicht zu geben. Beim Blick aus dem Fenster auf das Vorfeld des Flughafens sah man zwei Hubschrauber des Typs Mi-8 stehen.

In diesem Moment öffnete sich die Tür zum Vorfeld und ein Offizier der Grenzpolizei erschien mit einer weiteren Person. Diese begann sofort, die Zivilisten zu sammeln. Der Offizier tat dasselbe mit seinesgleichen. Es erfolgte eine Einweisung zum Flug. Noch während dieser verließen alle Uniformierten den Raum und eilten auf einen der Hubschrauber zu. Die Gruppe um Willi, insgesamt 16 Personen aus fünf Nationen, erhielten Informationen in gebrochenem Englisch und Deutsch zur Route, zum Fluggerät und zum Verhalten an Bord. Nach gut 20 Minuten betrat dann die Gruppe das Vorfeld und bewegte sich auf einen der beiden Hubschrauber zu. Der andere begann soeben die Turbine zu starten und die sich immer schneller drehenden fünf Rotorblätter erzeugten einen warmen Windstrom. Nach kurzer Zeit begann er anzurollen und hob dann ab – ein faszinierendes Schauspiel.

Kurze Zeit später erreichte Willis Gruppe ihren Hubschrauber. Der Pilot saß schon auf seinem Platz, währenddessen der Co-Pilot die Gäste begrüßte. An Bord erhielt jeder zuerst einen Sitzplatz zugewiesen, die Jüngsten natürlich am Fenster, was wiederum dem dicken Engländer nicht gefiel, da sowohl er als auch seine Frau einen Fensterplatz für sich beanspruchten. Dann musste jeder die am Platz befindlichen obligatorischen Kopfhörer aufsetzen. Dies wiederum führte dazu, dass der dicke Engländer jetzt aussah wie eine zu kurz gewachsene, dicke Maus. Kurze Zeit später meldete sich der Pilot über Funk und teilte alle den Flug betreffenden Informationen. Der Rundflug sollte bei 200 Stundenkilometer gut zwei Stunden dauern und bis an das Elbrus-Massiv oder darüber hinausgehen, sofern das Wetter dies zuließ. Kaum, dass er geendet hatte, begann der Hubschrauber zu vibrieren und die Geräuschkulisse wurde immer lauter. Er begann sich zu bewegen und fuhr mit geringer Geschwindigkeit in Richtung der Star- und Landebahn. Plötzlich zog etwas mit riesiger Kraft am Gerät und er hob in den Himmel ab. Der Flughafen wurde immer kleiner und schon bald war das Meer zu erkennen. Der Pilot ging in eine Rechtskurve und das Meer wanderte nach links weg. Er flog ein Stück mit der Küstenstraße, bog dann aber ins Landesinnere ab. Nach gut 20 Minuten erreichte der Hubschrauber den Hochkaukasus mit seinen majestätischen Gipfeln und nach einer guten Stunde das schneebedeckte Massiv des Elbrus. Dann begann der Rückflug. Kurze Zeit später blickte Willi aus dem Fenster und sah von oben eine unregelmäßige Linie, scheinbar planlos im Gebirge.

„Das sind Stellungen aus dem Zweiten Weltkrieg“, erklärte er seinem Enkel.

„Bist du dir sicher? Nach all den Jahren! Woher weißt du das? Warst du da schon mal?“, fragte dieser.

Willi verharrte kurz und antwortete: „Hier nicht, aber ein Stück hinter dem Elbrus, da war ich. Aber da unten waren Kameraden von mir. Erzähl' ich dir heut Abend."

Von da an schwieg er den gesamten weiteren Flug und auf der Rückfahrt zum Hotel, ein Zustand, den sein Enkel bei ihm noch nicht erlebt hatte. Die angekündigte Unterredung am Abend fand nicht statt. Vielleicht dachte sich Willi, dass die Zeit dafür noch nicht reif war.

Kaukasus Jahreswechsel 1942/43

Operationsbefehl Nr. 1 vom 14.10.1942
Der Führer

H.Qu. OKH, 14.10.1942 OKH/Gen.St.d.H./Op.Abt. (I)
Nr. 420817/42 g.Kdos. Chefs
Geheime Kommandosache
55 Ausfertigungen
Chefsache! Nur durch Offizier!
29. Ausfertigung
Operationsbefehl Nr. 1

III. Kampfführung und Truppeneinsatz

i)   *Aus der Heimat oder dem Westen im Winter nach Osten ver-*
legte Verbände sowie neu eintreffender Ersatz, sind, soweit es
die Lage irgend zuläßt, nicht sofort an der Front einzusetzen.
Es ist ihnen vielmehr Gelegenheit zu geben, sich einige Zeit hin-
ter der Front an die Verhältnisse des russischen Winters und
die damit verbundenen Kampfbedingungen zu gewöhnen.

gez. A. Hitler

Für die Richtigkeit gez. Graf Kielmansegg, Major i.G.[4]

Seit nunmehr vier Tagen waren Willi, Otto, Fritz und sein neuer zweiter MG-Schütze Heinrich, genannt Heini, ein Magdeburger, auf dem Rückzug – oder wie es im Landser-Deutsch hieß: „Vormarsch in die andere Richtung". Horst war am Silvestertag gefallen. „Mit schweren Schussverletzungen mittels feindlichem MG-Feuer in Brust und Beine bei der Verteidigung bei Elchotowo", wie es im Bericht hieß.

---

[4] Schramm, P.E. (Hrsg.), Kriegstagebuch des Oberkommandos der Wehrmacht (Wehrmachtführungsstab), Band II 1. Januar 1942-31. Dezember 1942, München 1982, S. 1301 ff.

Doch wie war Willi überhaupt in diese Lage geraten? Als er und seine Kameraden Anfang Dezember Simferopol erreichten, wurde das 4. Bataillon zur Küstensicherung bei Jalta eingesetzt. Die Temperaturen waren sehr mild, gelegentlich wehte vom Landesinneren kalte Luft heran. Die Zeit zwischen den Wachwechseln verbrachten Willi und seine Kameraden mit dem Besuch der Örtlichkeiten und des Meeres. Sogar ein Tagesausflug nach Sewastopol war organisiert worden. Die alte, aber nun fast völlig zerstörte Festungsstadt beeindruckte Willi tief. Noch immer waren die gewaltigen Festungswerke zu erkennen, obwohl Luftwaffe und Artillerie im Sommer buchstäblich jeden Quadratzentimeter des Erdbodens umgepflügt hatten. Sogar das gewaltige Eisenbahngeschütz „Dora" war bei der Belagerung zum Einsatz gekommen.

Beim Gang durch eines der Festungswerke wurde ihnen mitgeteilt, dass im Endeffekt nicht die gewaltige Menge an Spreng- und Brandmitteln die Festungsstatt sturmreif geschossen hatte, sondern die berühmte „Acht-Acht", welche die Laufkränze der Festungsartillerie und die Bunker punktgenau ausgeschaltet hatte. Und natürlich der Einsatz der Sturmbataillone der 50. Infanteriedivision. Unter diesem Eindruck und zurück in Jalta eckte Willi zum ersten, aber nicht zum letzten Mal mit seinen Vorgesetzten an. Beim Übungsschießen aus einer Alarmlage heraus bemerkte einer der Oberfeldwebel des Heeres, der zum Leiter des Schießens eingeteilt worden war, nach Abschluss und sehr genauem Schießen: „Herr Obergefreiter, mit einem MG 42 schießt man bei der Bekämpfung des Gegners nicht fünf Schuss in den Kopf, sondern man behandelt das MG als Streuwaffe, indem es von links nach rechts oder andersherum eingesetzt wird."

Willi blickte völlig entgeistert zu Otto und sagte leise, jedoch deutlich vernehmbar: „Na klar, wie auf einen Bunkerschlitz, Otto, von rechts nach links und dann hebt es den Bunkerdeckel ab."

Otto lachte leise, hatte aber nicht mit dem exzellenten Gehör des Oberfeldwebels gerechnet. „Was war das? Bunkerdeckel. Was bilden sich die Herren der Luftwaffe eigentlich ein?

Schlimm genug, dass das Heer hier Kindermädchen spielen muss, um Flieger ohne Flugzeug, die nicht einmal ihren eigenen Hintern finden können, das Einmaleins des Soldatenhandwerks beizubringen. Nun sind sie auch noch Klugscheißer! MG auf, auf. In Vorhalte und jeder 20 Kniebeugen!"

Während Willi dies ziemlich mühelos absolvierte, hatte Otto noch große Probleme das MG überhaupt zu halten. Während ihrer sportlichen Einlage bekam sich der Oberfeldwebel überhaupt nicht mehr in den Griff und redete sich in Rage: „Noch feucht hinter den Ohren, kein Kampfeinsatz, nicht mal ein scharfer Schuss, aber klugscheißen ohne Ende – nochmal das Ganze!"

Was er nicht wissen konnte, war der unglückliche Umstand, dass bei der Schießausbildung in Groß Born allergrößter Wert auf die Punktzielbekämpfung gelegt wurde. So konnte Willi buchstäblich mit dem Karabiner 98 und der P38, beides Ordonanzwaffen, einer „Fliege das Auge ausschießen". Beim Einschießen des MG 42 hatte der diensthabende Unteroffizier ihm gezeigt, wie man korrekt liegt, die Füße mit den Fußspitzen in den Boden einrammt und das MG so in die Schulter einspannt, dass man keine Blutergüsse durch den Rückstoß erleidet. Zwangsläufig schoss dann Willi seine fünf Schuss direkt in den Kopf des „Pappkameraden" und konnte bei den Wertungsschießen seine Schützenschnur erringen. Doch hier auf der Krim tickten die Uhren anders.

Eine Woche vor Heiligabend wurden Teile der 5. Luftwaffen-Felddivision als Einsatzreserve der 1. Panzerarmee in den Kaukasus verlegt. Zuerst über die Meerenge von Kertsch und dann per LKW und Bahn über Krasnodar nach Terek. Durch die Großlage bestimmt, wurde die Division geteilt. Willis 4. zusammen mit dem 1. Bataillon wurden der 1. Panzerarmee und die Bataillone 2 und 3, die noch in Simferopol lagen, der 17. Armee als Ersatz zugeteilt. Damit begann eine lange Reise aus der relativen Wärme der subtropischen Schwarzmeerküste, wenn auch im Winter, in die Kälte des Hochkaukasus. Nachdem sie nach einer Rede des Divisionskommandeurs am 17. Dezember bei eisiger Kälte auf Marineprahmen durch die Meerenge von

Kertsch auf die Taman-Halbinsel übergesetzt hatten, verblieben sie zunächst in Reserve des dortigen Kommandeurs.

Doch schon bald wurden sie in Marsch gesetzt. Im „Landserfunk“ hieß es, die 6. Armee stehe in Stalingrad kurz vor der Vernichtung, binde aber starke feindliche Kräfte. Somit bestand für die Kaukasus-Gruppe die Gefahr, abgeschnitten zu werden. Damit dies nicht passierte, sollte sich diese planmäßig in Richtung Westen zurückziehen. Gedacht war dabei, am Tag zu halten und notfalls zu kämpfen und in der Nacht auf vorher festgelegte Punkte auszuweichen. Der Rückzugsweg, die alten Heerstraßen, glichen eher unbefestigten Rollbahnen. Hinzu kam, dass die unbarmherzige Natur und der Faktor „Feind“ in den Überlegungen der „Oberen“ mal wieder keine Rolle zu spielen schienen.

Zunächst gelang die Absetzbewegung sehr gut. Der Russe stieß vorsichtig nach, bis er erkannte, dass sich die gesamte Kaukasusfront bewegte. Er verstärkte seine Angriffe und so kam es zu Einbrüchen in der gesamten Front und sogenannten „kritischen Momenten“. Einer davon ereignete sich bei Elchotowo, der kaukasischen Porta, am Fluss Terek. Dorthin, zur 370. Infanteriedivision, war Willis 4. Bataillon als „Feuerwehr“ unterwegs. Die mehrtägige Reise auf zugigen LKW und am Ende per Bahn hatte alle mächtig ausgelaugt, waren die Temperaturen doch beständig gefallen und erreichten zum Teil -20 Grad in der Nacht. Auch die neue Winteruniform half nur bedingt. Drei Lagen Unterwäsche, dazu mehrere Oberbekleidungsstücke und größere Stiefel hatte Fritz organisiert, ganz nach russischem Vorbild. Gerüchte über einen Panzerkommandanten, der den ganzen Tag über im durchgekühlten Panzer saß und dann beim Aufwärmen in einem Bauernhaus einen „Hitzeschlag“ erlitten hätte, machten die Runde.

Auch Willi war mit den organisierten Sachen bekleidet. Um die dicken, gestrickten Socken seiner Mutter hatte er Stofflappen gewickelt. Unterhemd, Feldbluse, Pullover, Feldjacke und Winterwendejacke bedeckten den Oberkörper und zwei Unterhosen plus Feldhose die Beine. Dazu die obligatorische „Oma“ auf dem Kopf. Das eigentlich fesch aussehende

Schiffchen der Flieger hatte er bei einem Gebirgsjäger gegen die Bergmütze mit dem Schirm und den Klappenteilen eingetauscht. Diese hatte er am Kinn geschlossen. Darüber trug er den Standardhelm der Wehrmacht im klassischen Tarnweiß. Insgesamt wirkte Willi dadurch stabiler, als es seine Statur eigentlich hergab. Nun saß er in eine Decke eingewickelt, rauchend und sinnierend auf dem LKW. Vor ihm stand auf dem Zweibein sein MG. Neben ihm, schlafend, saß Otto und gegenüber das dösende Pärchen Fritz und Horst. Beim letzten Halt vor dem Endbahnhof Terek hatten sie eine zurückgehende Einheit der 13. Panzerdivision getroffen – abgekämpft und ohne Großgerät. Als die Kameraden die Luftwaffensoldaten erblickten, fragte ein Unteroffizier: „Wo sind denn eure Flugzeuge?“

Horst, eigentlich recht schweigsam, antwortete: „Na direkt neben euren Panzern, da hinten am Ende der Rollbahn!“

Der Unteroffizier war perplex ob der direkten Antwort und Horst war, ohne es zu merken, bei den anderen mächtig im Ansehen gestiegen.

Je näher sie dem Einsatzort kamen, desto mehr nahm der Kriegslärm zu. Am Horizont konnten sie gelegentlich das Aufblitzen der Artillerie sehen. Gegen 04.00 Uhr kamen sie an – Terek. Ein Ort, wie man ihn überall in Russland fand. Ein paar Häuser hier, ein paar Häuser da und mittendrin die aufgeweichte Dorfstraße samt Bahnhof. In diesem befand sich der Stab des 1. Bataillons und Teile der Divisionsführung. Per LKW ging es nun auf durchgeweichten Wegen in Richtung Süden. Bald erreichten sie die Heerstraße, die dann nach Elchotowo links über die Terek-Brücke abbog und sich in Richtung Süden nach Ordschonikidse schlängelte, jener Ort der beginnenden Grusinischen Heerstraße. Von dort war es nicht mehr weit nach Tiflis in Georgien und Machatschkala am Kaspischen Meer. Nach und nach wurde das 4. Bataillon entladen und sofort auf die unterschiedlichen Einheiten verteilt. Durch einen glücklichen Umstand blieben sowohl Willis als auch Fritz' Gruppe zusammen – insgesamt 24 Mann. Sie marschierten, während es langsam dämmerte, parallel zum Fluss etwa zwei Kilometer nach Süden, den Flanken der rechts von ihnen langsam ansteigenden Hügelgruppe folgend. Sie erreichten einen gut ausgebauten, fast einen Kilometer breiten Abschnitt im Terek-Tal, der dieses komplett einsah. Einige hundert Meter davor konnte Willi zerstörte Panzer ausmachen. Ob eigene oder fremde, war nicht erkennbar. Merkwürdigerweise war es sehr ruhig, so ruhig, dass die Männer den Schnee unter ihren Stiefeln knirschen hörten.

Am Hauptgraben angekommen, wurden sie sogleich aufgeteilt. Wiederum blieben Willi und Fritz zusammen. Sie wurden in einen sehr geräumigen Unterstand geführt und Willis Gruppenführer erstattete sogleich Meldung: „2. und 3. Gruppe des 1. Zuges der 2. Kompanie des 4. Bataillons der 5. Luftwaffen-Felddivision mit 24 Mann angetreten.“

Am Tisch in der Mitte des Unterstandes drehte sich ein mittelgroßer, barhäuptiger und in die typische Uniform der Offiziere des Heeres gekleideter Soldat um. Seine Rangabzeichen wiesen ihn als Oberleutnant aus.

„Aha, die Reserve. Herzlich willkommen beim südlichsten Stab der österreichisch-geführten Wehrmacht. Willkommen beim 2. Bataillon der 370. ID. Stehen Sie bequem. Haben Sie gegessen?“ Und ohne auf die Antwort zu warten, fuhr er fort: „Das hier ist Leutnant Müller, der Sie zu Ihren Einheiten bringen wird. Wie ich sehe, haben Sie zwei MG dabei. Sehr gut, meine Herren, sehr gut. Nachdem uns der Russe nun seit drei Tagen und Nächten etwas in Ruhe gelassen hat, wird es definitiv bald losgehen. Ich gehe davon aus, dass Sie über unsere Rolle Bescheid wissen. Wenn nicht, dann eine kurze Einweisung. Seit November liegen wir hier, zuerst, um nach Ordschonikidse durchzubrechen, nun, um den Rückzug zu decken. Seit einigen Tagen setzt sich unser rechter Nachbar, die 13. Panzer, nun schon ab und irgendwann sind wir die Letzten. Sie, meine Herren, werden mit ihren MG und den Einheiten, denen Sie zugeteilt werden, die Angriffe auf der Rollbahn abwehren. Bricht der Russe durch, dann liegt Stalingrad bald im Kaukasus.“ Er hielt kurz inne, fuhr dann jedoch fort: „Da, wie ich weiß, Sie noch nie in einem Kampfeinsatz waren, werden Sie den

Fronteinheiten unterstellt. Nehmen Sie die Ratschläge an, denn diese werden Ihr und unser aller Leben möglichweise retten! Auf ein Wiedersehen."

Er drehte sich um. Damit war die Gruppe entlassen und Leutnant Müller, jetzt komplett in Tarnweiss gekleidet, deute auf die Tür. Dem Laufgraben folgend, erreichte die Gruppe eine Reihe von befestigten Bunkern, die durch den Schnee nur schwer auszumachen waren. Müller wies die Gruppe von Willi dem am nächsten stehenden Bunker zu. Die Gruppe von Fritz sollte den übernächsten aufzusuchen. Damit trennten sich Willi und Fritz das erste Mal seit ihrer Zeit vor gut einem Jahr in Trebbin. Willi sagte: „Halt den Kopf unten."

Und Fritz antwortete: „Denk lieber an deinen und vergiss unsere Abmachung nicht."

Willi überlegte kurz. Ihre Abmachung hatten sie in Groß Born getroffen. Nach Kriegsende wollten sie sich einmal beim jeweils anderen treffen. Er nickte und antwortete: „Gneisenauring 16, Brandenburg." Er konnte sich ein Grinsen nicht verkneifen.

„Yorckstraße 12 in Potsdam, du Depp", rief Fritz und trottete mit seiner Gruppe davon. Kaum, dass sie den massiven Bunker betreten hatten, brüllte aus dem hinteren Teil eine Stimme: „Dös Brettl ran. Da wird's g'heizt!"

Der Rufer hatte kaum geendet, so meldete der Gruppenführer ihre Ankunft. Doch irgendwie schien sich keiner für sie zu interessieren. Da öffnete sich die schwere Holztür ein weiteres Mal. Ein großer, komplett in weißer Tarnuniform gekleideter Mann trat ein, nahm den Helm vom Kopf, öffnete die Überjacke und wandte sich der Gruppe zu: „Stehen Sie bequem! Da Sie scheinbar der Ersatz sind, willkommen beim 1. Zug! Ich bin Leutnant Schreiber und damit Ihr Zugführer. Ich hatte zwar Ersatz angefordert, aber mit maximal fünf Soldaten gerechnet."

Da Willi das „Bequemstehen" unter anderem als Genehmigung, die Kleidung zu öffnen, verstanden hatte, stockte Leutnant Schreiber nun.

„Allmächtiger, was ist das? Luftwaffenjäger? Jäger der Luftwaffe? Feldwebel Donath, die Meier-Jungs sind da! Jetzt gewinnen wir den Krieg definitiv!"

Feldwebel Donath, schon mit Ansätzen von grauem Haar und mit einer Pfeife im Mund, kam langsam vom anderen Ende des Bunkers zu der Gruppe und betrachtete jeden Einzelnen ganz genau. Vor Willi blieb er stehen, musterte ihn und bemerkte: „Guat. Ich schwenke jetzt auf Hochdeutsch um, obwohl ich aus Kärnten bin. Ist das das neue MG 42 und können Sie damit umgehen?"

Willi bejahte und erkannte in den Augen des Österreichers eher Zweifel. Dieser fuhr fort: „Ich bin hier der Spieß und für alles und jeden verantwortlich. Der MG-Trupp bleibt hier in Reserve. Die übrigen zehn Soldaten teilen sich den beiden Bunkern links und rechts von uns zu. Dort werden Sie eingewiesen. Weggetreten!"

Nachdem der Letzte der Gruppe den Bunker verlassen hatte, begann der Österreicher erneut: „Ihr beide werdet hier in Reserve bleiben. Das bedeutet einen Einsatz nur im Angriffsfall. Hinten findet ihr ein Doppelstockbett. Richtet euch ein. In zehn Minuten gibt es Frühstück und danach eine Einweisung."

*

Einweisung – das bedeutete eine klare Ansage vom Österreicher Donath und ein kurzer Rundgang durch das Verteidigungssystem. Willi und Otto stellten fest, dass sie sich nicht mehr in der Kaserne befanden, sondern in der Realität der Front. Feldwebel Donath stellte sich als absoluter Glücksfall heraus. Er diente in der der 370ten seit ihrer Aufstellung im Februar 1942 in Frankreich, hatte die schweren Gefechte am Mius, bei Rostow am Don und den Vorstoß in den Kaukasus mitgemacht. Er stellte ihnen zuerst die Bewohner von „Bunker 1" vor. Da waren neben dem Zugführer, Leutnant Schreiber, und dem Spieß, Feldwebel Donath, noch der Stabsgefreite Gottschalk, verantwortlich für das Funkgerät, die Obergefreiten Krause und Kowalski, die als Melder fungierten, und die

Gefreiten Hermann, Bauermeister und Schmidt als Wachsoldaten. Mit Willi und Otto jetzt also zehn Personen, die sich im geräumigen Bunker 1 Doppelstockbetten im Wachzyklus teilten. Zum Inventar gehörten weiterhin ein gusseiserner Kohleofen, der wahrscheinlich rund um die Uhr lief, und ein Tisch mit sechs Hockern, der zurzeit mit diversen Karten sowie reichlich Papier belegt war. An massiven Holzbohlen, die zum Schutz vor Kälte mit Erde ausgefüllt waren, hingen improvisierte Regale, auf denen allerlei Krimskrams wie Teller, Becher oder Vorratsdosen standen.

Insgesamt machte der Bunker, der in die Erde hineingebaut war, einen soliden Eindruck auf Willi. Der Boden war festgetreten und mit ungehobelten Bohlen ausgelegt. Darüber hatte irgendjemand eine Ladung Stroh verteilt. Erhellt wurde das Innere durch zwei Petroleumlampen, die wahrscheinlich dauerhaft brannten. Im hinteren linken Teil, bei den Betten, war provisorisch eine Art Verschlag aus Laken oder Tüchern errichtet worden, dessen Sinn Otto zuerst erkannte: der Abort. Dennoch verspürte Willi ein leicht mulmiges Gefühl. Was würde wohl passieren, wenn der Bunker einen Volltreffer abbekommen würde? Hoffentlich war er oberirdisch gut getarnt.

Inzwischen hatte sich der Spieß vollständig bekleidet. Wie sein Zugführer trug er den weißen Tarndruck. Er deute auf Willi und wies ihn an, ihm zu folgen. Dies galt natürlich auch für Otto. Sie verließen den Bunker und gelangten in den Hauptgraben. Von dort aus gingen alle fünf Meter befestigte Stellungen ab. Die direkt vor dem Bunker 1 befindliche war nach oben hin mit stabilen Holzbalken abgesichert und besaß nach vorn eine Auflage für das MG. Willi und Otto blickten über den Rand der Stellung in das Terek-Tal.

Der Spieß näherte sich und begann mit seinen Ausführungen: „Unsere Fronlinie verläuft direkt durch das Terek-Tal, beide Seiten hinauf und über die beiden Seitentäler weiter. Die Bunker 2 bis 4 neben uns sind mit unserem Zug besetzt. Im Bunker 3 sitzt der stellvertretende Zugführer – weit entfernt für den Fall eines Volltreffers. Insgesamt hat unser Zug jetzt wieder 40 Mann. Rechts von uns sitzt noch die 13. Panzer, die aber schon mit der Absetzbewegung begonnen hat. Links von uns sitzt die 50. ID. Wenn der Russe durchbrechen will, dann geht das praktisch nur hier im Bereich der Rollbahn. Versucht hat er es oft – geschafft, nein. Uns gegenüber liegt die 384. Schützendivision als Teil der 9. sowjetischen Armee. Wie wir verstehen die ihr Handwerk. Dies läuft praktisch immer nach dem gleichen Muster ab. Zuerst zehn bis fünfzehn Minuten Artillerieschlag und dann fünf bis zehn Panzer, zumeist T-34, mit aufgesessener Infanterie. Die springt dann ab, entfaltet sich und versucht unsere Stellungen zu erreichen. Sollte das passieren, sind wir am Arsch. Dann rollen sie praktisch ohne Gegenwehr in den Rücken unserer Nachbarn."

Er hielt kurz inne und sprach weiter: „Damit kommen wir zu euch. Eure Aufgabe ist es, die Infanterie niederzuhalten. Dafür brauchen wir ein funktionsfähiges MG. Geschossen wird im Dauerfeuer und ohne Leuchtspur, da Scharfschützen dieser folgen können. Um die Panzer kümmert sich unsere Artillerie. In Elchotowo liegen ein paar Sturmgeschütze und Acht-Achter. Wir haben schließlich erkannt, dass diese sich nur auf der Rollbahn und kurz daneben bewegen können. Der Schwemmbereich des Terek ist für sie nicht passierbar – aber für die Infanterie. Somit schießen wir die hinteren zuerst ab, damit die davor nicht abhauen können. – So Männer, das war es. Bei Fragen, fragt! Gewöhnt euch ein und bleibt am Leben. Wir brauchen euch und eure Wunderwaffe."

Er ließ die Männer allein. Willi und Otto warfen noch einen schnellen Blick über die Landschaft, an deren Horizont sich das Hochgebirge mit seinem ewigen Eis bereits abzeichnete. Von da also würden sie kommen. Die Frage lautete nicht ob, sondern wann. Am frühen Morgen des Silvestertages sollte das Warten ein Ende haben.

*

Die Einschläge der Artillerie wurden immer weniger. Wie vorhergesagt, dauerte der Artillerieschlag nicht länger als zehn Minuten, war dafür aber umso heftiger. Die Erde bebte

43

buchstäblich. Der ganze Bunker wackelte mehrfach und Dreck rieselte von der Decke. Der Spieß bedeutete den Soldaten, dass jetzt der geeignete Augenblick gekommen war, die Stellungen zu besetzen. Willi und Otto stürmten mit ihrem MG und den Gurtkästen in ihren Unterstand. Links und rechts auf dem Gefechtsvorfeld brannte es unregelmäßig. Durch die dichte Rauchentwicklung war es unmöglich, weiter als 50 Meter zu blicken. Zur Ausleuchtung schoss die eigene Artillerie Leuchtgranaten, die das gesamte Vorgelände gespenstisch erhellten.

Willi, der sich in Simferopol einen Feldstecher besorgt hatte, erkannte am Rollbahnknick die ersten T-34, die sich mit ihrem weißen Tarnanstrich kaum von der Umgebung abhoben. Da die Entfernung durch den Rauch schwer einzuschätzen war, versuchte er sie zu zählen. Der Spieß schien Recht gehabt zu haben. Es waren acht, die mit hoher Geschwindigkeit den deutschen Stellungen immer näherkamen. Plötzlich stoppte der Führungspanzer, als wäre er von einer unsichtbaren Faust getroffen worden. Doch anders als von Willi erwartet, ging der Feindpanzer nicht im Flammen auf, sondern es lösten sich kleine Gestalten von ihm. Die restlichen Panzer gaben ein ähnliches Bild ab und nahmen dann ihre Fahrt wieder auf. Abwechselnd schießend, rollten sie nun unaufhaltsam auf die Stellungen zu. Hinter ihnen formierte sich eine Schützenkette, die von der Rollbahn abwich und über den großen Schwemmkegel des Terek fast genau auf die Stellungen von Willis Zug zukam.

Willi legte das Fernglas ab und überprüfte, ob Otto den MG-Gurt korrekt eingelegt hatte. Circa 100 Meter links von ihm begann ein MG zu feuern. Das konnte nur die Waffe von Fritz sein. Willi sah keine Trefferwirkung und dachte sich, dass Fritz vielleicht versuche, die angreifenden T-34 zu bekämpfen. Inzwischen erhellte eine neue Serie von Leuchtgranaten die Szenerie vor ihm von Neuem. Er bemerkte, dass sich die gegnerische Schützenkette nun relativ zügig direkt auf ihn zu bewegte. Für ein genaues Feuer war sie noch zu weit entfernt. Er blickte letztmalig durch das Fernglas und entdeckte am Terek-Knick weitere Panzer und sich formierende Schützenketten. Das war dann wohl der erwartete Großangriff.

Bevor Willi darüber nachdenken konnte, erschien Leutnant Schreiber und brüllte ihn an: „Feuer nach eigenem Ermessen! Und Kopf unten lassen, es wird gleich ungemütlich!"

In diesem Moment leuchtete eine neue Serie von Leuchtgranaten das Gefechtsfeld aus. Willi sah die immer näherkommende Schützenkette und glaubte auch das berühmte „Uuurrrrääh" zu hören. Er begann sofort mit dem rhythmischen Feuern – von links nach rechts und zurück. Er wusste nicht, ob er etwas getroffen hatte, wurde aber jäh unterbrochen, als der Gurt leergeschossen war. Mittlerweile nahm auch der Beschuss auf die eigene Linie zu. Einschläge im Holz und jaulende Querschläger waren zu hören. Dazwischen immer wieder Einschläge feindlicher Artillerie. Otto hatte inzwischen den leergeschossenen Gurt ersetzt und Willi feuerte weiter, bis auch dieser verschossen war. In diesem Moment, als Otto sowohl den Lauf des MG und den Gurt wechseln wollte, schlug eine Mörsergranate direkt vor ihrer Stellung ein. Die Wucht der Explosion warf das MG und beide Schützen um. Staub und Dreck machten sich breit. Für einen Augenblick dachte Willi, es sei vorbei. Fast taub und mit tränenden Augen stand er auf und suchte Otto. Gottseidank bewegte sich dieser. Willi betrachtete den Unterstand und stellte fest, dass die Brustwehr nicht mehr existierte. Einen Teil des Daches hatte es ebenfalls erwischt. Aber in der Grundsubstanz war der Unterstand noch erhalten. Immer noch völlig benebelt und mit einem Pfeifen in den Ohren entdeckte Willi einige Meter weiter einen winkenden und brüllenden Spieß. Die am Mund abzulesenden Worte waren eindeutig: „Weiterschießen, weiterschießen. Sonst sind wir am Arsch!"

Willi blickte zu Otto, der versuchte das MG zu bergen. Soweit er dies beurteilen konnte, war das Zweibein verbogen und Teile des Laufes steckten im Schutt der Brustwehr. Sie befreiten es und konnten erkennen, dass es noch schussfähig war. Otto begann es schnell zu reinigen, währenddessen Willi eine provisorische Ablage baute. Darauf legte Otto das MG, jetzt ohne Zweibein, ab und stellte Schussbereitschaft her. Willi klemmte sich hinter das MG, suchte Halt mit den Stiefeln und spannte es in die Schulter ein. Er blickte über den Lauf auf das

Gefechtsfeld und sah nur noch wenige Schützen auf sich zu kommen. Aber dahinter erblickte er die beiden anderen Schützenketten. Er betätigte den Abzug.

Nach einer gefühlten Ewigkeit, der Tag begann schon zu dämmern, und mehrere MG-Gurte später, hörte er den Befehl: „Das Schießen einstellen!"

Nachdem das Feuergefecht vorüber war, blickte Willi auf das Gefechtsfeld vor ihm. Anders als angenommen, waren die sowjetischen Panzer, insgesamt vielleicht 20, nicht nur über die Rollbahn zum Angriff angetreten, sondern die seichten Stellen nutzend über das gesamte Flussbett des Terek. Nachdem sie die aufgesessene Infanterie abgesetzt hatten, waren sie im klassischen Panzerkeil, beständig feuernd, auf die deutschen Linien zugefahren. Ein wahrscheinlicher Zufallstreffer der 5-cm-Pak aus der offenen Feuerstellung seitlich der Rollbahn hatte den vorausfahrenden Panzer zuerst im Laufwerk und dann unterhalb des Turmes erwischt. Er war inzwischen ausgebrannt und qualmte nur noch. Die sich dahinter befindlichen T-34 hatten daraufhin die Geschwindigkeit reduziert und auf die sich inzwischen formierten Schützenketten in Regimentsstärke gewartet. Dies hatte es der deutschen Verteidigung leichter gemacht. Schon bald brannten drei weitere Panzer und blockierten die Rollbahn. Die Nachdrängenden drehten in das Flussbett des Terek ab und kamen damit frontal auf die Züge von Willi und Fritz zu. Ihrem Befehl folgend, bekämpften sie diese mit ihren Maschinengewehren.

Willi sah vor seiner Feuerstellung dutzende Leichen in erdfarbener Uniform liegen. Diese waren über die toten Soldaten der ersten Schützenkette hinweg direkt in die gezielten Feuerstöße der sich verteidigenden deutschen Soldaten gelaufen. Je näher sie den Stellungen gekommen waren, desto klarer hatte Willi ihre Gesichter erkennen können. Er sah die Angst, aber auch ihre Entschlossenheit, heute und hier der Sieger zu sein. Er sah aber auch den Ausdruck des Erstaunens, wenn die Kugeln seiner Kameraden ihr Ziel trafen und das Leben beendeten.

Je länger das Feuergefecht andauerte, desto mehr verschwommen diese jedoch und für Willi und Otto waren sie bald nur noch eine undefinierbare weiß-braune Wand, die sie abwechselnd mit einer Schwenkbewegung abstrichen. Sie unterbrachen ihr Tun nur durch das stupid-mechanische Wechseln des MG-Laufes und das Ersetzen eines lehrgeschossenen Gurtes.

Willi sah gut fünf Meter vor sich einen russischen Soldaten, der auf dem Rücken lag. Sein rechtes Bein war angewinkelt, der rechte Arm lag seitlich verkrümmt und es fehlte ihm die Hand. An ihrer Stelle prangte ein verkohltes Loch, was wahrscheinlich von einer explodierten Handgranate herrührte. Er erinnerte sich, dass dieser Soldat es irgendwie geschafft hatte, bis zu ihren Linien durchzukommen. Willi entdeckte ihn erst, als dieser schon den Stift der Handgranate gezogen hatte und den Arm zum Wurf hob. Für einen Schwenk des MG war es zu spät und für den Bruchteil einer Sekunde lief vor ihm sein bisheriges Leben ab. Den direkt neben ihm abgefeuerten Karabiner nahm er nicht wahr. Otto hatte schnell reagiert und ihm so das Leben gerettet.

Was für ein Wahn. Je länger Willi das Gefechtsfeld betrachtete, desto mehr Einzelheiten offenbarten sich ihm. Alle sowjetischen Panzer brannten lichterloh oder qualmten. Der Schnee zwischen ihnen war aufgrund der Wärmentwicklung geschmolzen. Auch hinter der Hügelkette nach dem Terek-Knick und den beiden Nachbartälern waren intensive Rauchsäulen zu sehen. Überall lagen getötete russische Soldaten.

Das war definitiv kein lokaler Angriff gewesen, sondern das, was man „Angriff an der gesamten Front" nennt, dachte sich Willi. Er wandte sich um und sah, dass von der eigenen Verteidigungslinie nicht mehr viel übrig war. Teile der befestigten Bunker waren entweder durch Volltreffer der russischen Artillerie oder durch Mörserbeschuss zerstört worden. Auf der Zufahrtstraße von Elchotowo brannten zwei LKW und ein Sturmgeschütz. Neben diesen lagen Teile der Besatzungen. Die eigenen Stellungen hatte es böse erwischt. Bunker 4 existierte nicht mehr und der Unterstand links von ihnen qualmte intensiv. Willi hob das MG an und verließ mit Otto den arg ramponierten Unterstand.

Beim Betreten des Bunkers 1 sahen sie auf dem Kartentisch eine Person liegen, die vom Sanitäter notdürftig verarztet wurde. Es war der Zugführer, dem ein Granatsplitter in den linken Oberschenkel eingedrungen war. Der Spieß brüllte Befehle in das Funkgerät, um alle Verwundeten und Toten des Zuges abtransportieren zu lassen. Als er Willi und Otto sah, nickte er kurz und begann von Neuem Befehle in den Apparat zu geben in der Hoffnung, dass diese erhört würden. Die beiden MG-Schützen ließen sich auf ihren Betten nieder, hielten kurz inne und schliefen sofort ein.

Nach einer für sie ewig dauernden traumlosen Tiefschlafphase wurden sie schnell wieder in die Realität zurückgeholt. Hektische Betriebsamkeit herrschte im Bunker. Der Zugführer war verschwunden, wahrscheinlich von den Sanis abgeholt. Stattdessen war der stellvertretende Zugführer, Hauptfeldwebel Schneider, anwesend. Er winkte die beiden Obergefreiten zu sich. Nach kurzer Zeit begann er zu sprechen: „Ihr habt mit eurem MG den Zug gerettet. Mehrfach stand der Feind kurz davor, in unsere Linie einzubrechen. Bei den ersten Slaven vor den einschlagenden Mörsergranaten habe ich gedacht, dass die ‚Fliegerjungs‘, mit Verlaub, zu dämlich zum Zielen sind. Danach war es faktisch ein munteres Scheibenschießen. Ich schätze die Anzahl der erfolgreich bekämpften Feinde auf über 400 – ein russisches Bataillon hat aufgehört zu existieren. Das hat aber nichts zu bedeuten. An Menschenmaterial sind sie uns deutlich überlegen. Den Unterschied machten aber heute die Sturmgeschütze. Ohne die hätten wir jetzt einen langen Marsch nach Sibirien vor uns.“

Er endete und suchte in den Augen der beiden Gefreiten nach Reaktionen, die ausblieben. „Erster MG-Schütze, bei Gelegenheit müssen Sie mir erzählen, wie Sie auf die Entfernung von gut 800 Meter und bei diesem schlechten Licht drei gegnerische Mörserbesatzungen ausschalten konnten. Ich dachte, punktuelles Schießen geht mit dem MG nicht? Na egal, der alte Zugführer hat euch zur Auszeichnung vorgeschlagen. Das von ihm geforderte EK 1 werdet ihr nicht bekommen, aber vielleicht das EK 2. Doch nun zum Wichtigsten.“ Wieder hielt er kurz inne, zeigte auf ein Blatt Papier und sagte: „Meine Herren, genießt die jetzige Ruhe. Wir brechen hier auch unsere Zelte ab. Heute

Nacht setzen wir uns ab. Zuerst nach Elchotowo, dann nach Terek und von dort zur neuen Verteidigungslinie bei Maiski in der Nähe von Prochladny. Ihr habt gut gekämpft, habt euch nicht verkrochen oder seid davongerannt. Damit seid ihr praktisch 370er!"

Er endete, blickte auf eine Ordonanztasche auf dem Tisch, sah Otto an und sagte. „Da sind die ‚Überreste' der gefallenen Kameraden drin – eure auch. Mit 24 Mann seid ihr vor zwei Tagen hier angekommen. Nicht alle hatten das Glück zu überleben. Draußen wartet der Rest der 2. Gruppe – insgesamt acht Mann. Von eurer Gruppe seid nur ihr beide übrig." Willi überkam plötzlich eine schlimme Ahnung. Der Spieß erkannte dies und schaltete sich in das Gespräch ein: „Ruhig! Der durchgeknallte MG-Schütze, der auf die T-34 geschossen hat, lebt. Sein zweiter Schütze hatte nicht so viel Glück." Damit war Horst gemeint.

Rumänien 1944

Erbarmungslos brannte die Sonne auf die Stellungen der 76. Infanteriedivision nieder. Gut getarnt und seit Wochen immer wieder verbessert, konnte man von den Höhen bei Romanesti nordwestlich von Jassi die Stellungen der Russen in der flimmernden Luft erahnen. Rechts daneben verlief die Trennlinie zwischen der 6. deutschen und der 4. rumänischen Armee, der die 76. zugeteilt war. Seit Wochen hielt sich hartnäckig das Gerücht, dass die Russen etwas Großes vorhätten. Für Willi in seinem Unterstand nichts weiter als „Latrinengerüchte". Seit dem planmäßigen Absetzen aus dem Kaukasus oder „Vorwärts Männer – zurück!", wie die Landser es nannten, konnte er den Informationen, die durch ständiges Weitersagen immer weiter verwässert wurden, nicht trauen. Stattdessen prüfte er zum wiederholten Male die Funktionsfähigkeit seines MG 42. Es war nunmehr sein viertes!

Das Erste ging beim Rückzug im Februar '43 bei Medwedowskaja südlich von Timoschewskaja im Raum Krasnodar verloren – Totalschaden nach der Explosion einer sowjetischen Granate. Willi war zu der Zeit mit dem Nachschub unterwegs und Heini hatte für ihn übernommen. Die Wucht der Explosion war so heftig, dass Heini am Kopf schwer verwundet wurde und die Nacht nicht überlebte.

Insgesamt erwiesen sich die Abwehrkämpfe als extrem blutig, so dass man die Einheiten der 5. LwFD aus der Front herauslösen musste. In den folgenden Wochen ging es zur Auffrischung über die Straße von Kertsch zurück auf die Halbinsel Krim und von dort verlegte die nunmehr wieder vereinte 5. LwFD in den Raum Melitopol, wo sie mit der 15. LwFD zusammen schwere Abwehrkämpfe durchlebte. Hier verlor Willi zum zweiten Mal sein MG. Dieses Mal wurde es von den Ketten eines russischen T-34 zermalmt. Willi und sein neuer zweiter MG-Schütze Paul konnten sich seitlich retten und dem Panzer zwei geballte Ladungen in die Ketten werfen. Bewegungsunfähig und aus dem Motorraum qualmend, versuchte sich die

Besatzung durch den Turm zu retten. Doch Paul war mit dem Karabiner schneller.

Noch drei weitere Male sollten Willi und Paul besser als die angsteinflößenden T-34 sein. Aufgrund der enormen Verluste in jenen Abwehrkämpfen – das 9. Jägerregiment bestand nur noch aus zwei kampffähigen Bataillonen und Willis 10tes nicht mal mehr aus einem – wurde die 5. LwFD als Feld-Division 5 (L) ins Heer integriert. Zur Auffrischung verlegten die Reste im Winter 1943/1944 in die Region Nikolajew-Cherson an den Dnjepr. Zusammen mit slowakischen Einheiten und flankiert von der 370. ID befasste man sich mit dem Küstenschutz aus Angst vor amphibischen Landungen.

Zu dieser Zeit stieß auch Fritz nach seiner schweren Verwundung bei Medwedowskaja wieder zur Einheit. Er brachte schlechte Nachrichten aus der Heimat mit. Seine Heimatstadt war wiederholt Ziel schwerer Bombenangriffe geworden. Als er dies erzählte, wurde es Willi sehr schwermütig ums Herz. Seit September '42 war er nicht mehr zu Hause gewesen. Zwar erhielt er gelegentlich Briefe von daheim, aber einen Heimaturlaub hatte er noch nicht gehabt.

Die Zeit des Wartens und Ausbildens der Neuen wurde zum Teil von grotesken Übungen flankiert. So bekämpften Willi und Paul von erhöhten Positionen aus Seeziele mit dem MG oder übten das Zurückdrängen des Gegners ins Meer. Doch von hier sollte keine Gefahr drohen. Mit voller Wucht traf die Wehrmacht stattdessen die Frühjahrsoffensive der Roten Armee. Eingesetzt als „Feuerwehr" und immer noch den Küstenschutz im Hinterkopf, nahm die Zahl an Soldaten und Gerät der FD 5 (L) beständig ab. Konnte man anfangs noch auf schwere Artillerie, in diesem Fall wieder die Acht-Achter, bauen, entwickelte sich im Verlauf der folgenden Wochen aus einer Division eine Kampfgruppe, bestehend aus wenigen hundert Mann. Und dann erwischte es Paul. Beim Rückzug aus Odessa, die Kampfgruppe lief beiderseits der Rollbahn nach Westen, griffen aus dem Nichts zwei Iljuschin IL-2 „Sturmovik" an. Zuerst warfen sie ihre Bombenlast ab und kehrten dann nochmals zurück, um mit ihren Bordwaffen die Rollbahn zu beharken. Nachdem sie sich zurückgezogen hatten, wurde das ganze Ausmaß dieses kurzen Angriffs ersichtlich. Tote, Verwundete, Brennendes, Gestank und Schreie. Die Getöteten der Kampfgruppe wurde in einem Massengrab in der trockenen und staubigen Erde der Ukraine beigesetzt. Von nun an war Willi einer der Letzen des „Trebbiner Trupps" und auch noch sein zerstörtes drittes MG los.

Einige Wochen später, nach harten Rückzuggefechten bis nach Akkermann in Bessarabien, wurde der letzte Rest der FD 5 (L) aufgelöst. Gestartet mit 6.000 Mann im Oktober 1942, immer wieder aufgefüllt, ging diese Division letztlich in Bataillonsstärke in anderen Verbänden auf. Willi wurde als MG-Schütze zur 6. Kompanie des Infanterieregiments 178 der 76. Infanteriedivision versetzt. Hier trennten sich Fritz und er. Dieser wurde in die Heimat abkommandiert zu einem Sonderauftrag.

„Willi, denk an unsere Abmachung und besuch mich nach diesem unsäglichen Krieg in Potsdam. Solltest du nicht erscheinen, werde ich dich in der Lausitz besuchen. Das ist ein Versprechen!"

Willi nickte, umarmte Fritz und ging schnell weg, damit dieser seine Rührung nicht sehen konnte. Fritz war seit 1942 seine einzige Konstante in diesem Krieg. Sie hatten so Vieles gemeinsam erlebt und gemeistert. Hatten Kameraden verloren und das Grauen gesehen. Jetzt trennten sich ihre Wege und irgendwie überkam Willi das Gefühl, dass er Fritz nie wieder sehen sollte.

Im Juli erhielt er dann den langersehnten Urlaub. Seine Heimreise dauerte drei Tage und führte ihn über Klausenburg, Budapest, Pressburg (Bratislava), Prag und Dresden nach Cottbus. Dort musste er sich melden, um anschließend per Anhalter in seinen Heimatort zu reisen. Insbesondere seine Mutter erfasste das erste Wiedersehen nach zwei Jahren ungemein. In ihren Augen war der Erstgeborene nun zu einem Mann geworden. Für Willi fühlten sich die vier Tage sehr zwiespältig an. Zum einen konnte er den tiefen Frieden nicht verstehen. Der Krieg war weit weg und irgendwie ging daheim alles weiter wie bisher. Im Straßenbild war der Krieg nicht Gegenstand des Lebens. Zwar zeigte ihm sein Vater die im Schaukasten angebrachten Verlustmeldungen, zu denen auch Schulkameraden gehörten, aber insgesamt spielte der Krieg öffentlich kaum eine Rolle. Gelegentlich hörte man vom nahen Flugplatz Lärm, den sein Vater wie folgt kommentierte: „Da wird was Neues getestet und eine Abfangstaffel Messerschmidt zum Bombenschutz für Dresden ist auch da.“

Auf der anderen Seite war da das „Herumzeigen“. Besonders seine Schwestern bestanden darauf, dass er seine Uniform täglich tragen sollte. Auch sein Vater war sehr stolz, besonders wenn er Willi, einen Frontkämpfer, in der Kneipe beim Bierchen seinen Freunden zeigen konnte. Willi trug neben seiner Mütze immer noch die graublaue Uniform der Luftwaffe. Seine grünen Kragenspiegel mit den Schwingen wurde durch seine Auszeichnungen komplementiert: das EK 2, der Kubanschild, das Erdkampfabzeichen der Luftwaffe und das Panzervernichtungsabzeichen. Die Urlaubszeit ging schnell dahin und Willi verabschiedete sich von seiner Familie auf dem Bahnsteig einer nahen Eisenbahnsiedlung. Er versprach seiner Mutter wiederzukehren und dies in einem Stück. Doch dies sollte dauern.

*

Nun saß er in seinem Unterstand, blicke zum wiederholten Male in Richtung der Russen und fragte sich: *Was habt ihr vor?*

Der kleine Haufen der 76. ID, so war er sich sicher, würde den Ansturm der Roten Armee nicht aufhalten. Dafür waren sie zahlenmäßig und materialtechnisch einfach hoffnungslos unterlegen. Gerade einmal zwei ganze Batterien Acht-Achter, also acht Geschütze, dazu einige wenige weitreichende Werfer des Typs 42 und einige 3,7- und 5-cm-Pak standen ihnen zur Verfügung. Weiter südlich stand die 325 Sturmgeschützbrigade mit einigen wenigen Sturmgeschützen III. Mehr war nicht da. Die Hauptlast der Abwehr lag also wieder bei den Maschinengewehren und Infanteriewaffen der Landser.

Willi betrachtete seine persönlichen Waffen: das MG mit circa 500 Schuss, also 10 Gurten, Pistole Walther P 38 für den

53

Nahkampf, fünf Handgranaten, das Bajonett im Stiefel und der geschliffene Spaten. In den letzten gut zwei Jahren hatte er all das benutzt. Er erinnerte sich noch an das erste Gefecht bei Elchotowo als Grünschnabel, an den ersten Panzer, der ihn überrollte. An Augenblicke, wo die Panzer durch das Rotieren auf der Stelle Kameraden in ihren Schützenlöchern beerdigten. An Gesichter beider Seiten. Irgendwie empfand er keinerlei Reue mehr, wenn er mit dem MG auf die Reihen der anstürmenden Russen anhielt. *Die oder Ich!* Tief in seine Gedanken versunken, bemerkte Willi nicht, dass Otto mit zwei weiteren MG-Gurten über der Schulter und dem Abendessen den Unterstand betrat.

„He, Willi, was zu kauen und Nachschub." Otto legte die Gurte ab und reichte Willi das Kochgeschirr.

„Na, was hat denn die glorreiche Wehrmachtsküche heute hergestellt?", hörte sich Willi sagen. Bevor Otto antworten konnte, hob der den „Fressnapf" an die Nase und erkannte den typischen Geruch des Maisbreies namens Mămăligă.

„Schon wieder das gelbe Zeug. Ich habe seit Tagen Blähungen ohne Ende." Otto grinste ob der Aussage Willis. Ihm ging es ähnlich, wie wahrscheinlich jedem Kameraden der 76ten.

„Ich habe aber zur allgemeinen Abwechslung etwas Ziegenkäse dabei, der den Geschmack abrunden soll."

Willi starrte Otto entgeistert an und dachte, er verarsche ihn. „Ziegenkäse? Wo haste den denn her?"

Otto bedachte ihn mit einen vielsagenden, nach „selbständiger Organisation" aussehendem Blick, und reichte ein Stück Käse an Willi weiter. Dieser war so begeistert von der willkommenen Ergänzung, dass er ihn sofort verspeiste.

„Mensch Otto, das war mal Geschmack. Deutlich mehr als die Maispampe, mit der du wahrscheinlich Panzer aufhalten kannst. Hast du das Kochgeschirr schon mal umgedreht? Da fällt nix raus. Perfekt als Baumaterial geeignet!"

Otto musste lachen, wurde dann aber schnell wieder ernst. „Willi, in der Etappe munkelt man, dass die Russen demnächst antreten. Die Feindaufklärung hat vor uns eine ganze Armee ausgemacht mit mehreren Divisionen. Dazu stehen links und rechts von uns Rumänen. Du weißt, wie deren Kampfmoral in den letzten Monaten war!"

Willi hörte zu und erinnerte sich an einige Rumänen, die während der letzten Gefechte einfach ihre Waffen weggeworfen hatten und geflüchtet waren. Aber irgendwie hatten sie auch oder trotz der Rumänen immer wieder überlebt.

Scheiß drauf, dachte er. *Kämpfen wir eben allein. Die verstehen uns eh nicht. Und Essen machen können sie auch nicht.*

So langsam brach die Dämmerung herein, an diesem 19. August 1944, einem Samstag.

*

Am 20. August waren die Rotarmisten fit. Im Morgengrauen dieses Sonntags überrumpelten sie die deutsch-rumänischen Verbände, die sich in zum Teil gut ausgebauten Stellungen in Sicherheit wiegten.

Ein Inferno hob an. „Der russische Angriff wurde … mit einem zweistündigen Trommelfeuer eingeleitet", berichtete Oberstleutnant Renschhausen, Ia der bei Jassy liegenden 76. Infanteriedivision, „infolge der Trockenheit des Lößbodens entstand eine undurchsichtige Staubwolke über der Hauptkampflinie, die jede Beobachtung verhinderte. Sämtliche Fernsprechleitungen waren sofort zerschossen."

Gegen 07.00 Uhr tauchten die ersten Rotarmisten, eingehüllt in Staub und Qualm, im Bereich der 76. Division auf. Schon gegen Mittag zeichnete sich, wie Renschhausen erkannte, „klar ab, daß ein befehlsgemäßes Verbleiben in der Stellung mit der Einkesselung und Vernichtung der Division enden mußte."[5]

Otto schrie Willi etwas zu, doch der konnte ihn nicht hören. Seit geraumer Zeit schlugen ohne Pause Geschosse aller Art flächendeckend um sie herum ein. Die Detonationen waren teilweise so heftig, dass der Boden bebte. Dabei hatte alles so friedlich begonnen. Willi hatte gegen 04.00 Uhr Wache gehabt und am östlichen Horizont langsam die Sonne aufgehen sehen.

---

[5] https://www.spiegel.de/politik/staub-im-august-a-337aad94-0002-0001-0000-000046169570

Damit war die Müdigkeit wie weggeblasen. So gegen 05.30 Uhr wollte er Otto und die anderen im Bunker wecken. Doch dazu sollte es nicht mehr kommen. Es ist eine seltsame, kaum glaubhafte Geschichte, das anfliegende Objekte den Himmel verdunkeln. Aber so war es. Der Artillerieschlag der Roten Armee erfolgte so plötzlich, dass zuerst der Lärm der abgefeuerten Geschütze Willi erreichte und dann der schwarze Tod aus dem Nichts. Mit voller Wucht hämmerten wahrscheinlich hunderte Geschütze aller Kaliber auf die dünnen Linien der 76ten ein.

Nach der ersten Feuerwalze sprang Otto geduckt in den Unterstand. Die Luft war voller Rauch und Metall und beide drückten sich in die Erde so tief es ging. Willi hoffte, dass das MG diesen Artillerieschlag unbeschadet überstehen würde. Nach gut 30 Minuten endete der Beschuss abrupt und beide erhoben sich, was Probleme bereitete, da sie mit Erde bedeckt waren. Der Unterstand und seine dicke Holzdecke hatten gehalten. Das MG war umgekippt, aber offenbar intakt. Willi wollte sofort einige Probeschüsse abgeben, als abermals der Lärm anschwoll. Sekundenbruchteile später schlugen die ersten Granaten ein. Dieser Beschuss war um Längen heftiger und dauerte eine volle Stunde. Wieder erfüllte der Unterstand seine Funktion. Gut geschützt hofften Willi und Otto auf das Ende.

Als sich dann die Feuerlanze weiter in das Landesinnere schob, wussten sie, dass es keine Unterstützung geben würde. Diesem Beschuss konnten die Acht-Achter und die Sturmgeschütze nicht standhalten. Plötzlich war es sehr still. Vor lauter Rauch konnten sie selbst die eigene Hand nicht sehen. Langsam verzog sich der Rauch und das ganze Ausmaß des Beschusses wurde ersichtlich. Die vorgeschobene Linie der 6. Kompanie schien intakt zu sein. Einige rückwärtige Bunker dagegen waren vollständig zerstört. Willi hoffte, dass keine Kameraden in ihnen zu Tode gekommen waren. Auf der Anhöhe westlich von ihnen bei den Rumänen musste deutlich mehr niedergegangen sein. Diese brannte vollständig. Überlebende gab es dort sicherlich nicht. Nach hinten in Richtung Jassy gewandt, sah Willi gewaltige Rauchsäulen aufsteigen. Das waren dann wohl die wenigen weitreichenden Waffen oder Munitionsdepots, die irgendwer nah an die Front herangebracht hatte. Währenddessen hatte Otto den Unterstand so weit wiederhergestellt, dass er verteidigungsbereit war. Irgendwie war es immer dasselbe. Artilleriebeschuss, Ruhe, Angriff von Schützenkompanien mit Panzerunterstützung. Damit hatten sie gelernt umzugehen. Nur diesmal fehlte offenkundig die weitreichende Unterstützung zur Bekämpfung der Panzer.

Willi, wieder mit Gehör, rief Otto zu: „Besorge, falls möglich, aus dem Munitionsbunker geballte Ladungen oder, wenn da, die Hafthohl. Egal, bring mit, was du finden kannst. Auch Essen und Rotes Kreuz-Zeug.“

Otto nickte und rannte sofort los. Inzwischen begann Willi mit dem Feldstecher das Gefechtsvorfeld abzusuchen. Da erschien wie aus dem Nichts der Kompaniechef.

„Obergefreiter, auf ihr MG zähle ich. Die Russkies, unser Hausfeind, dürfen den Hügel nicht einnehmen. Um die möglicherweise anrollenden Panzer kümmere ich mich. Wir haben da eine Überraschung.“ Und schon war er weiter zum nächsten Unterstand. Gedanken machte sich Willi um das Gesagte nach der permanenten Zeit im Kampf nicht mehr. Zumeist waren Versprechungen der Realität gewichen. Bezahlt wurde aber immer mit Leben.

Am Horizont erkannte Willi durch den Feldstecher aus der Richtung des Flusses Pruth kommend die ersten Panzer des Typs T-34. Auch Otto, soeben schwer bepackt mit allerlei Zeug zurückgekehrt, erblickte sie durch seinen Feldstecher.

„Das sind aber diesmal viele. Die wollen es wohl wissen!“ Willi sah ihn an und wollte darauf etwas erwidern, aber ließ es. In diesem Moment schlugen zwischen den anrollenden Panzern Granaten ein. Der Kompaniechef hielt sein Versprechen also doch. Schon bald brannten die ersten Panzer und Willi sah durch den Feldstecher, wie sich brennende Gestalten von ihnen warfen und versuchten, sich selbst zu löschen.

„Otto, sie greifen mit aufgesessener Infanterie an. Lass uns mit dem MG warten, bis sie am Boden sind. Irgendwoher werden die T-34 mit was Großem bepflastert. Hoffentlich sind die schnell weg nach dem Feuerschlag, denn damit haben sie

definitiv nicht gerechnet. Wahrscheinlich sind einige Acht-Achter noch intakt."

Die verbliebenen Panzer, immerhin noch eine ganze Menge,
näherten sich schnell den Stellungen um Willi und Otto. Wie
Willi prophezeit hatte, saß gut 500 Meter vor Ihnen die Infanterie ab und der Tod aus deutscher Produktion erfasste sie
schnell. Die Verteidiger schossen aus allen Rohren, verrieten damit aber ihre eigentlich perfekt getarnten Stellungen. Die Panzer eröffneten nun das Feuer, währenddessen um sie herum das
große Sterben stattfand. Willi jagte Schuss um Schuss aus dem
MG. Aus den Augenwickeln nahm er eine Bewegung wahr.
Zwei Kameraden krochen in den eh schon zu engen Unterstand.
Otto bedeute ihm mit dem Schießen innezuhalten. Willi löste
den rechten Finger vom Abzug und sah die Neuankömmlinge
an.

Bevor er etwas sagen konnte, sprach der ihm am nächsten liegende Soldat: „Mensch Willi, lass für uns was über!" Willi erkannte seinen Namensvetter Willi, „Willi 2" genannt, aus der
5. Kompanie und dessen Spannemann Gustav, die als Panzerjä-
ger fungierten. Beide schoben einen länglichen Gegenstand
nach vorn.

„Das MG muss weg!", rief Gustav. An dessen Stelle wurde
der Gegenstand auf die Brustwehr gelegt. Es handelte sich um
eine Raketenpanzerbüchse 54. Willi 2 und Gustav gingen in die
Hocke. Gustav führte ein Raketengeschoss ins Rohr ein und rief:
„Fertig!"

Willi 2 schoss in dem Moment, als vor ihrer Stellung das Ge-
schoss eines T-34 einschlug. Nachdem sich der aufgewirbelte
Dreck niedergelegt und der Rauch des Schusses verzogen hatte,
sahen alle Vier in der Entfernung von gut 200 Meter einen bren-
nenden Panzer, währenddessen die anderen noch intakten langsam, aber feuernd zurückrollten. Da die Luken geschlossen
blieben, hatte die Besatzung wohl keine Chance gehabt.

Gustav bemerkte: „Wir und drei andere Trupps sind vom
Kompaniechef geschickt worden. Der muss wohl geahnt haben,
dass hier der Hauptangriff auf unsere Linie stattfindet."

Willi blickte auf das Gefechtsfeld vor ihm, von dem sich so langsam der Rauch verzog. Soweit man schauen konnte, brannten Panzer und lagen Tote. Von den eigenen Linien waren nur die der Rumänen unmittelbar neben ihnen zu sehen und die brannten und qualmten. Otto dachte laut: „Das war wohl erst der Anfang, um zu sehen, wo wir sind. Das wird definitiv noch heftiger."

Die kurze Gefechtspause, seit dem Einschlag der ersten Granate waren erst gut drei Stunden verstrichen, nutzte der emsige Kompaniechef zur Bestandsaufnahme. Als er zum Unterstand von Willi kam, rauchte er, als ob vor Minuten die Kompanie nicht in den Abgrund gesehen hätte, sondern wie auf einem Ausflug genüsslich seine Pfeife.

„Ihr seid der vorderste MG-Stand der 6. Kompanie. Willi 2 und Gustav bleiben vorerst hier. Ich sehe, ihr habt einen erwischt und noch acht Raketen. Ihr müsst unbedingt halten. Die Rumänen an den Flanken hat es übel erwischt. Da gibt es nichts mehr zu verteidigen. Brechen die Russkies durch, sind wir geliefert. Dann müsst ihr euch zur ersten Auffanglinie bei Jassi durchschlagen. Viel Erfolg!"

Er zog nochmals genüsslich an seiner Pfeife und war verschwunden.

„Also gut, machen wir uns bereit für den nächsten Angriff", sagte Willi und begann, das MG neben die Panzerbüchse zu legen und zu reinigen. In diesem Moment schlug mit voller Wucht die Artillerie der Russen zu. Der gesamte Bereich der 6. Kompanie erzitterte unter den Einschlägen. In den Unterstand der Vier, der soeben noch Ort eines netten Plausches gewesen war, schlugen drei Granaten fast gleichzeitig ein. Otto war sofort tot. Gustav verlor beide Beine und starb kurze Zeit später in seinem natürlichen Grab. Willi 2 wurde durch die Wucht der Explosionen nach oben an die Deckbalken geschleudert und verlor für kurze Zeit das Bewusstsein. Willi, der über sein MG gebeugt war, wurde auf dieses gepresst, bekam den heißen Stahl sowjetischer Bauart in Form mehrerer Schrapnelle oberhalb der Hüfte zu spüren und wurde zum größten Teil mit Erde bedeckt. Trotz des gewaltigen Infernos, das über sie hereingebrochen war, nahm er noch wahr, wie irgendjemand schrie und verzweifelt mit den Händen versuchte, ihn aus der Erde zu befreien. Dann verließen ihn die Sinne.

Gefangenschaft

Der Geruch war extrem. Eine Kombination aus Erbrochenem, Verfaultem, Verwestem, Blut und Exkrementen. Willi versuchte die Augen zu öffnen und bemerkte fast gleichzeitig den stechenden Schmerz im Rücken.

„Sani, Sani, er ist bei Bewusstsein!", hörte er in weiter Ferne jemanden rufen. So langsam nahm er durch seine Augen Lichtimpulse wahr, bis er undeutlich die Umrisse einer Zeltplane sah, die sich bewegte. Kurz darauf erschien ein mit Kittel bekleideter Mann, dessen Umrisse Willi erst nach und nach auffassen konnte. Der Mann war mittelgroß, fast kahlköpfig, trug eine Brille und stank. Willi bemerkte erst jetzt, dass der Kittel verdreckt und mit Blut besudelt war.

„Na, wurde aber auch langsam Zeit. Vier Tage ohne Bewusstsein!" Dann drehte er sich um und rief: „Un doctor dar repede!" Willi verstand nichts. Das erkannte der Sani wohl und erklärte ihm: „Seit gestern sind wir Gefangene der Rumänen. Sie haben die Seiten gewechselt. Unser Lazarett stand unter ihrer Kontrolle."

Willi verstand immer noch nichts und versuchte sich zu bewegen. „Stai calm, nit bwegen!", rief eine raue Stimme aus dem Hintergrund, die einem schnell herbeieilenden und großgewachsenen Rumänen mit buschigem Schnauzbart gehörte. Er beugte sich herunter und erweiterte mit seinem rechten Daumen Willis Augenlieder. Dann leuchtete er mit einer Lampe in die Augen. Willi nahm seinen nach Knoblauch stinkenden Atem wahr. Dann nahm der Arzt sein Stethoskop und hörte ihn ab. Er nuschelte etwas in seinen Bart und erteilte auf Rumänisch einen kurzen Befehl an den deutschen Sani.

Dieser betätigte den Befehl und wandte sich, nachdem der Arzt wieder fort war, an Willi: „Du hast einen schweren Granatsplitter oberhalb der Hüfte abbekommen, der immer noch in dir steckt, wie wahrscheinlich weitere kleine Teile. Die müssen raus. Er kann dich hier aber nicht operieren, da das hier noch Frontlinie ist. Du bekommst Morphium und wir warten bis morgen. Hast echt Glück gehabt. Der Typ dahinten hat dich her geschleift. Hast geblutet wie ein Schwein. Wir haben dich notdürftig verarztet."

Willi versuchte den Kopf in die Richtung zu drehen, die der Sani ihm wies, schaffte es aber nicht. Der Schmerz war zu groß. Er schaute an sich hinunter und sah, dass er noch die Uniformhose und Socken trug. Sein Oberkörper war stark bandagiert und die linke Seite rot. Seine Arme waren gereinigt worden, wie wahrscheinlich auch der Kopf. Dennoch roch auch er übel.

„Willst du was trinken?", frage ihn der Sani und Willi nickte. Gefühlt trank er mehrere Liter, so ausgetrocknet war sein Leib. Inzwischen war der „Rufer" am Bett angekommen und es stellte sich heraus, dass es Willi 2 war.

„Mensch Willi, du bist wieder bei den Lebenden. Hätte nie geglaubt, dass du es überlebst."

Willi versuchte zu antworten, bekam aber nicht mehr als ein Krächzen heraus.

„Lass den Mann in Ruhe und verzieh dich auf deine Pritsche!", rief der Sani. „Fürs Rumdödeln ist später mehr Zeit. Der Mann braucht absolute Ruhe und die bekommt er jetzt."

Er setze Willi die Morphinnadel an und versetzte ihn in einen tiefen Schlaf.

Als er aus seinem erzwungenen Schlaf Stunden später erwachte, war es bereits Nacht. Eine angenehme kühle und dunkle Nacht. Zwar schmerzte der Rücken noch, doch auf eine seltsam wohlwollende Art, was am Morphin lag. Sogar den Kopf konnte er drehen. Neben ihm lagen schnarchende, sabbernde, wimmernde oder halluzinierende Menschen auf notdürftig aufgestellten Feldbetten. Der Geruch hatte sich noch verstärkt. Auch er selbst stank nach etwas, das er nicht zuordnen konnte. Am Eingang des großen Zeltes saß schlafend der Sani, jetzt ohne schmuddeligen Kittel. Von draußen wehte eine kühle Brise in das Zelt herein, was wohl dazu führte, dass sich die stickige und unangenehme Luft im hinteren Teil sammelte. Neben Willi lagen auf einer Munitionskiste sorgfältig aufgereiht seine Uniformjacke, seine Bluse, Koppel und Koppelgeschirr. Obenauf lagen seine Uhr und sein Briefumschlag mit den persönlichen Sachen. Um den Hals trug er seine Erkennungsmarke und um das Handgelenk einen Zettel, auf dem etwas Handschriftliches geschrieben stand. Er versuchte sich zur Munitionskiste zu drehen und erntete von seinem Körper eine Portion Extraschmerz. Also blieb er still auf dem Rücken liegen. In der Ferne vermochte er abebbenden Geschützlärm zu hören. Was hatte der Sani gesagt? „… seit vier Tagen!?“

Also muss heute der 24. oder 25. August sein. Jetzt liege ich mit einem Stück Stahl im Rücken und warte auf den Arzt, der mich operieren will. Ich muss hier weg, dachte Willi. Langsam versuchte er sich unter großen Schmerzen aufzurichten. Er fühlte, wie sich etwas von seinem Körper löste. Fast ohnmächtig erreichte er eine halbwegs aufrechte Position und versuchte aufzustehen. Dabei trat er barfüßig in sein eigenes Blut, rutsche aus und verlor wiederum das Bewusstsein.

*

Und wieder dieser üble Geruch. Ein Geruch, der einem fast die Lust am Atmen nahm. Willi versuchte die Augen zu öffnen, konnte sich aber nicht vom üblen Geruch lösen. Er spürte Brechreiz und den bitteren Geschmack der Galle im Mund. Die sich langsam öffnenden Augen erblickten nur schwarzes Nichts. Sofort war auch der Schmerz im Rücken wieder da, stechender als jemals zuvor – so stark, dass Willi einen neuerlichen Ohnmachtsanfall gerade noch abwenden konnte. Plötzlich öffnete sich mit einem lauten Ruck eine Tür. Sonnenlicht flutete in das Zimmer – er befand sich nicht mehr in dem Zelt. Willi erkannte im Hintergrund die weite Steppe und sah, dass er sich in einem Raum befand, der wohl als Anbau von irgendetwas diente. Neben ihm standen Feldbetten mit dunklen Gestalten darauf. Der Eingangsbereich verdunkelte sich und eine Person erschien, die von einer weiteren, aber kleineren Gestalt gedrängelt wurde. Sofort gab diese auf Russisch und mit eindeutig weiblicher Stimme Befehle: „Posmotri kto mertv a kto yeshche dyshit!“

63

So viel Russisch hatte Willi in den letzten Jahren gelernt … Der Kerl sollte nach Toten und nach solchen, die noch atmeten, schauen. Kurze Zeit später gelangte er bei Willi an. Er trug eine sowjetische Uniform samt Rot-Kreuz-Armbinde und einen Mundschutz. Er sah Willi in die Augen und rief zur kleineren Gestalt: „Zdes`!"

Diese kam sofort und leuchtete wie der rumänische Arzt in Willis Augen.

„Der muss sofort raus aus dem Sterberaum. Der Rest ist tot, aber der hier scheint noch zu atmen."

Der Größere rief jetzt mit lauter und schneidender Stimme. Sofort erschienen weitere Soldaten. Diese hoben Willi an, was er mit einem Schrei quittierte. Die kleine Gestalt befahl etwas und er wurde auf die Seite gedreht.

„Ah, das ist der Granatsplitterfall, von dem uns Peter, der Sani, erzählt hat. Der muss sofort operiert werden. Wie ich sehe, liegt das Zentrum des Blutaustritts oberhalb der linken Niere. Und wenn das stimmt, was Peter sagte, dann ist es ein Wunder, dass der nach einer Woche noch lebt."

Behutsam wurde Willi hochgehoben, ein Stück getragen und zu einem LKW von einer Bauart, die er nicht kannte, gebracht. Auf der Ladefläche lagen in drei Reihen weitere Gestalten. Willi wurde in der Mitte auf dem Boden abgelegt. Die weibliche Gestalt, jetzt im Licht deutlich erkennbar, war der Trage gefolgt. Sie trug eine Uniform, ebenfalls mit Rot-Kreuz-Armbinde. Sie hatte schwarzes Haar, das unter einer Militärhaube hervorschaute. Er schätzte sie auf 35 Jahre und ordnete sie, da ihr Befehlston jeden in Bewegung versetzte, als Ärztin ein.

„Bringt den Dodge zum Hauptverbandsplatz bei Bălți. Das sollte in zwei bis drei Stunden erfolgt sein. Ich erwarte euch dort und bereite für den in der Mitte die OP vor. Den Schuppen samt Inhalt setzt in Brand!" Damit verschwand sie und Willi war mit dem Sanitäter und den sechs anderen im LKW allein, der sich bald in Bewegung setzte. Bevor die Hecktüren geschlossen wurden, sah er nochmals den Schuppen. Ohne zu zählen waren dort mit ihm mindestens zehn weitere Männer gewesen. Er dachte, entweder habe er ein Riesenglück gehabt oder er sei in eine ganz schöne Scheiße geraten.

Komme ich je wieder nach Hause?

Dann döste er über der Infusion des Sanis ein.

*

Diesmal funktionierte das Öffnen der Augen besser. Zuerst verschwommen, dann immer besser nahm Willi seine Umwelt wahr. Ein großer Raum mit lichtdurchfluteten und geöffneten Fenstern. Der Geruch war diesmal sehr steril, sehr sauber. Als er an sich hinunterblickte, entdeckte er saubere Bettwäsche. Ein kurzer Blick nach links offenbarte eine Gestalt, die von Kopf bis Fuß mit Binden umwickelt war. Rechts schlief eine weitere Gestalt. Gegenüber weitere drei Mann, von denen einer sich von seinem Krankenbett erhob und zu ihm schlurfte.

„Mensch, bist'e endlich wach?"

Das klang eher nach einer Feststellung als nach einer Frage. Er bewegte sich so langsam wie er konnte zur Zimmertür. Willi sah, dass ihm der rechte Unterschenkel fehlte. Die Tür öffnete sich und der Kamerad rief etwas. Sofort schwoll Getrappel an und in wenigen Augenblicken erschienen die bekannte Ärztin und ein großer Mann komplett in weißer Bekleidung. Die Ärztin sagte etwas zu dem Kameraden und der sagte dann: „Ich werde für dich übersetzen. Ich war im Stab der 370ten und habe sehr gut Russisch gelernt. Zumindest behaupten das die Russen hier."

Was nun folgte, war ein Stakkato an Informationen im Nachgang der Übersetzung. „Die Rumänen hatten sich verzogen und den Verbandsplatz sich selbst überlassen. Du warst wie 15 weitere verwundete Soldaten in die sogenannte Sterbebaracke gelegt worden. Als die Rumänen weg waren, flohen die letzten Deutschen gen Westen. Dann kamen die Russen und da warst du wohl wach. Irgendwie muss die kleine Ärztin einen Narren an dir gefressen haben. Jedenfalls brachten sie dich und die anderen Überlebenden hierher in das Militärkrankenhaus nach Bălți. Du wurdest am Rücken operiert. Der große Arzt,

65

übrigens eine Koryphäe auf seinem Gebiet, hat dir einen Granatsplitter von circa sieben Zentimeter herausgeholt. Jetzt bleibst du in Reha und wirst dann in ein anderes Lager verlegt."

Damit endete die kurze Visite der beiden Ärzte, die daraufhin schnell den Raum verließen.

„Sie heißt Irina. Wie er heißt, ist mir nicht bekannt. Alle rufen ihn nur ‚Doktor*. Ich bin übrigens Joseph."

Doch das bekam Willi nicht mehr mit. Er fiel wiederum in Ohnmacht. In einer Abfolge von gelegentlichen Wachzeiten in Abwechslung mit Schlafphasen vergingen mehrere Tage. Der September hatte den August abgelöst und so langsam kam Willi wieder zu Kräften. Zumeist blieb er im Bett, aß, schlief oder ließ sich von Jupp die Neuigkeiten erzählen. So erfuhr er, dass die 76te offiziell als „vernichtet" galt. Diese war vom Hauptstoß der 27. sowjetischen Armee und 6. Panzerarmee getroffen worden. Die Hauptkampflinie, zu der Willis Unterstand gehörte, hatte immerhin bis zum Mittag halten können, bevor auch diese überrannt wurde. Was noch laufen konnte, zog sich gen Süden zurück, wurde aber zum Teil eingekesselt und vernichtet. Jupps 370te, die Willi ja aus dem Kaukasus und vom Kuban kannte, war ebenfalls vernichtet worden. Dabei hatte der Befehlsbunker, in dem Jupp als Funker diente, einen Volltreffer erhalten und er war schwer am Bein verwundet worden. Als man ihn aus dem völlig zerstörten Bunker befreite, waren auch schon die Russen da und transportierten ihn ab. Über Umwege kam er nach Bălți, wo man ihm den Unterschenkel amputierte.

Er stellte Willi auch die anderen vier Mitbewohner des Zimmers vor. Da war Gerhard, der Panzerfahrer, der schwerste Verbrennungen am ganzen Körper erlitten hatte, rechts von Willi lag und ein paar Tage später verstarb. Links lag Siegesmund, genannt „Siggi". Er hatte mehrere Schusswunden in beiden Oberschenkeln und konnte sich nicht bewegen. Neben Jupp lagen Jürgen und Martin. Beide waren in einem Bunker von russischen Flammenwerfern schwer verwundet worden und wie Gerhard komplett einbandagiert.

So langsam erholte sich Willi. Er konnte allein zum Abort gehen, absolvierte unter Anleitung einer deutschen

Krankenschwester Übungen und half in der Küche aus. Den Jahreswechsel 1944/45 verbrachte er mit Jupp und Siggi sowie einigen anderen im Krankenzimmer. Er dachte an zuhause, wo sicher niemand wusste, was mit ihm geschehen war. Er dachte aber auch an die Zukunft. Was würde passieren, wenn er aus diesem „Sanatorium" entlassen würde und die Ärztin Irina nicht mehr ihre schützende Hand über ihn halten konnte?

Im Frühjahr des Jahres 1945 war es dann so weit. Willi wurde nach gut sieben Monaten aus dem Militärkrankenhaus in ein reguläres Kriegsgefangenlager entlassen. Mit dabei war Jupp, währenddessen Siggi schon einige Tage vorher verlegt worden war.

*

Seit nunmehr fünf Tagen rollte der Zug mit Willi und den anderen Kriegsgefangenen. Die meiste Zeit lag er, fühlte sich oft sehr schlapp und hörte nur zu, während Siggi den anderen im Waggon wiederholt klarmachte, dass sie nicht von den Russen gefangengenommen worden, sondern von den Rumänen interniert und dann übergeben worden seien. Dies führte zu lebhaften Diskussionen, wer denn nun ein „richtiger" Kriegsgefangener sei und wer vielleicht früher nach Hause dürfe.

Gelegentlich stand Willi auf, ging an die zum Teil geöffnete Waggontür, so wie er es schon früher gemacht hatte, und sah hinaus auf die zerstörte Landschaft. Häuser, Straßen, Brücken, ja ganze Dörfer waren nur noch Haufen aus unlogisch angeordnetem Material. Hier und da zerstörtes Kriegsgerät beider Seiten. Aber am schlimmsten waren die wenigen Menschen, zumeist Alte und Frauen, deren Blicke auf die vorbeirollenden Kriegsgefangenen eine tiefe Abscheu und Ablehnung offenbarten. Auch die Landschaft hatte sich verändert. Die Steppe war dichtem Wald gewichen und so langsam fragte sich Willi, was er und die anderen hier eigentlich gesollt hatten. Hier gab es nichts, rein gar nichts! Und dafür die ganzen Toten. Er dachte zurück an die Zeit seit dem Herbst '42. So langsam verblassten manche Gesichter von Kameraden sowie Erinnerungen an die

67

Wortwechsel und das Kriegsgeschehen. Das tief eingebrannte Grauen des Krieges mit all seinen hässlichen Facetten würde er jedoch nie vergessen können. Besonders der Anblick des Russen bei Elchotowo holte ihn in jeder Nacht ein. Hatte er Familie, Frau und Kinder, hatte er ein behütetes Leben vor dem Krieg? Vielleicht würde die Zeit das Vergessen bringen – vielleicht aber auch nicht. Willi fühlte sich plötzlich wieder schlapp und kehrte zu seinem Schlaflager zurück. Unter dem rhythmischen Klacken der Schienenstöße fiel er in den Schlaf.

Als er erwachte, stand der Zug. Die meisten Mitgefangenen befanden sich an der weit offenen Waggontür. Helles Licht strömte über sie hinweg in den nach Schweiß, Fäkalien, altem Stroh und verbrauchter Luft stinkenden Innenraum. Willi erhob sich und brach sofort wieder zusammen. Siggi eilte zu ihm. Er nahm die am Kopfende stehende Feldflasche und führte sie zum Mund von Willi, der dankend annahm.

„Willi, wir sind angekommen. Die russischen Posten haben uns mitgeteilt, dass wir in zehn Minuten die Waggons zu verlassen haben. Du musst jetzt aufstehen! Ein Kamerad hat mir erzählt, dass er gesehen hat, dass der Russe Kranke oder sich nicht bewegende Gefangene sofort exekutiert, quasi sich vom Ballast befreit. Also trink und steh auf. Ich helfe dir!“ Willi nahm die Feldflasche und trank. Währenddessen kramte Siggi ihre wenigen Habseligkeiten zusammen, packte den sichtlich verwirrt dreinschauenden Willi unterm rechten Arm und hob ihn an. So untergehakt, bewegten sie sich zur Waggontür. Die meisten der Männer hatten den Waggon bereits verlassen. Zum Glück hatte der Zug an einer Verladerampe gehalten, so dass Willi nicht springen musste, was er auch nicht hätte tun können. Nur mit der Hilfe Siggis war es ihm überhaupt möglich, sich zu bewegen.

Draußen konnte er nicht sofort erkennen, was eigentlich los war, da ihn die Sonne blendete. Nur langsam erkannte er, dass sämtliche Waggons entladen worden waren und sich eine riesige Menge an Menschen auf der Verladerampe befand. Befehle auf Russisch brüllend, versuchten bewaffnete Rotarmisten Struktur in das Menschenchaos zu bringen. Irgendwie gelang dies und schon nach kurzer Zeit begann sich die Kolonne in Bewegung zu setzen. Für Willi bedeutete jeder Schritt Qualen. Er versuchte aber allein zu gehen, tief beeindruckt durch die Worte von Siggi. Nach einer guten halben Stunde kam die Bewegung zum Erliegen. Halblaut wurde von vorn durchgegeben:

"Wir sind da! – **7276**."

1947

Post! Endlich Post! Der erste Brief von zuhause. Das erste Lebenszeichen nach all den Bemühungen. Die ersten Zeilen seit dem Sommer '44. Seit drei Jahren hatte Willi keine Nachricht von seiner Familie erhalten. Mit zitternden Händen öffnet er das gelbliche Kuvert und zog einen gefalteten Brief heraus. Er erkannte die Schrift seiner Mutter und begann zu lesen. Am Ende war er irgendwie erleichtert. Das Leben in der Heimat ging seinen gewohnten Gang. Den Eltern und Geschwistern ging es gut und alle freuten sich, dass Willi unversehrt war. Drei Jahre in wenigen Zeilen – Wahnsinn! Was hatte er sich alles ausgemalt? Die spärlichen Informationen über den Lagerbuschfunk hatten jedes erdenkliche Szenario immer wieder vor seinem geistigen Auge ablaufen lassen. Doch nun die Erlösung. Willi faltete das Blatt wieder und steckte es in das Kuvert zurück. Dann öffnete er die linke Brustasche seines Arbeitshemdes, steckte den Brief hinein und verschloss diese wieder. Jetzt war seine Familie an der richtigen Stelle. Er blickte aus dem kleinen Fenster seiner Baracke auf den Appellplatz und ließ die letzten beiden Jahre an sich vorbeiziehen.

Die ersten Monate nach der Ankunft im Lager 452 Uglitsch an der Wolga im Oblast Jaroslawl hatte er zumeist auf der Krankenstation verbracht, die von einem russischen Arzt, mehreren russischen Schwestern und deutschen Hilfskräften betrieben wurde. Hier hatte man ihm erklärt, dass er an Malaria erkrankt und dies der Grund für die stetigen Fieberschübe und den Schüttelfrost sei. Dagegen verabreichte man ihm Chinin, das wohl half, denn die Symptome der Krankheit ließen nach. Er hatte oft darüber nachgedacht, wo er sich wohl dieses lästige Übel zugelegt haben könnte. Auf der Krim oder im Kaukasus war es für die Mücken zu kalt, aber bei Krymskaja in den Sümpfen oder bei Cherson an den Nebenarmen des Dnjeprs – wer weiß. Irgendeine Mücke hatte es auf ihn abgesehen.

Schlimmer als Malaria waren aber die schlecht verheilte Wunde und die übriggebliebenen Fragmente der Granate, die in seinem Körper feststeckten. Lange Zeit eiterte die Operationsnarbe und brauchte viel Zeit zu heilen. Da sein Körper so geschwächt war, wollte der Lagerarzt es nicht riskieren, weitere Operationen durchzuführen.

Nachdem sein Körper sich erholt hatte, wurde er im Herbst des gleichen Jahres in die Struktur des Lagers integriert. Er kam in die Baracke 13 und traf Siggi und Jupp wieder. Diese waren nach Verhören zu ihrer Identität in diverse Arbeitstrupps gesteckt worden. Jupp, dem ja ein Unterschenkel fehlte, arbeitete in der Verwaltung. Siggi, im wahren Leben Elektriker, wurde Mitglied im Kollektiv der Elektriker, zu dem er und zwei weitere Gefangene sowie ein russischer Vorarbeiter gehörten.

Die beiden berichtetem Willi vom Lagerleben. Das Lager war Anfang 1942 von deutschen Gefangenen errichtet worden und wurde immer weiter ausgebaut. Zuerst hatte es einen eingezäunten Bereich mit fünf Holzbaracken gegeben, einem Verwaltungsgebäude mit Arrestzellen, Krankenzimmer und Küche, einem Appellplatz und etwas weiter entfernt einem Abort.

Die Baracken bestanden jeweils aus einem großen Schlafsaal mit 20 Betten und verfügten über einen Eingang und vier kleine Fenster. Das Wichtigste war jedoch der Holzofen in der Mitte – russische Winter sind bekanntlich kalt.

Außerhalb waren zwei Baracken für das Bewachungspersonal errichtet worden. Hinzu kamen zwei Wachtürme. Über die Jahre und mit der Zunahme der Gefangenen der glorreichen Wehrmacht wurde der Komplex auf 20 Baracken und weitere Nebengebäude erweitert. Umgeben war das Lager mit einem dichten Wald. Dennoch sollten sich die Stadt Uglitsch und die Wolga in der Nähe befinden. Doch was hieß das in russischen Dimensionen schon? Nun, im Frühjahr 1947, war das Lager nur zur Hälfte gefüllt. Einige, zumeist seit 1942 einsitzend, waren bereits nach Hause geschickt worden. Für andere, eine eher kleine Gruppe, war das Lager nur ein Durchgangslager. Sie würden zumeist weiter nach Osten, nach Sibirien, verlegt, wie Jupp berichtete. Als Mitarbeiter in der Lagerverwaltung hatte er Zugriff auf alle die Lagerinsassen betreffenden Dokumente und dass er mittlerweile fließend Russisch in Wort und Schrift beherrschte, war kein Nachteil – wie sich noch herausstellen sollte.

Zahlreiche Gefangene wurden in Außenlager verlegt. Hier arbeiteten sie bis zum Beginn des Winters und kehrten dann zurück. Es gab aber auch Fälle von Männern, die nicht zurückkehrten. Für sie wurde außerhalb des Lagers ein kleiner Friedhof mit schlichten Holzkreuzen errichtet. Dank Jupp wurden sie mit Namen versehen und nicht wie viele Kameraden anonym irgendwo in der russischen Erde verscharrt.

Nachdem Willi quasi von den Toten wiederauferstanden war, riet ihm Jupp, sich bei der Zuteilung der Arbeit zu den Fischern zu melden. Willi, der sich maximal mit einer Angelrute auskannte, war erst skeptisch, fügte sich aber, als Jupp ihm erklärte, dass seine Ration an der abgeleisteten Arbeit gemessen werde. Willi, der selbst mit den kargen und oft eintönigen Mahlzeiten der Wehrmacht, er dachte an den Maisbrei bei Mămăligă und musste lächeln, irgendwie zurechtgekommen war, lernte im Lager, was es bedeutete, Hunger zu leiden. Im Krankenrevier war er gut versorgt worden, in der Baracke jedoch wurde seine tägliche Zuteilung auf das Niveau eines Nichtstuers gesenkt. Das bedeutete: 200 Gramm schweres, feuchtes Brot und eine dünne Suppe. Schon nach wenigen Tagen war Willi so hungrig, dass er alles getan hätte, um an Nahrung zu gelangen.

Nachdem er sich zur Arbeit im Fischkollektiv gemeldet hatte und angenommen worden war, Jupps Anteil daran war wesentlich, wurde er zum Verhör gebeten und damit begann sein Problem. Der Verhörführer war Leutnant Michael Alexejewitsch Osromow vom NKWD. Übersetzt wurde von Jupp. Als Willi den Verhörraum betrat, sah er sich einem großen und recht jungen Offizier in guter Uniform gegenüber. Dieser zeigte auf den Verhörstuhl vor einem Schreibtisch, an dessen Seite Jupp saß, der Willi zunickte.

„Willi Arthurowitsch Lehmann, geboren im Juli 1923 in der Niederlausitz, Schule und Lehre, Segelflieger, Fliegerschule, MG-Schütze im Kaukasus, der Ukraine und Rumänien, schwere Verwundung im August 1944, mehrere Lazarettaufenthalte und seit einigen Monaten hier. Stimmt das so weit?“, fragte der Leutnant.

Willi, der nicht glauben konnte, was er gehört hatte, war fassungslos über das Detailwissen des Russen. Bevor er antworten konnte, fuhr der Leutnant fort: “Sie wollen außerhalb des Lagers arbeiten und brauchen eine Freigabe von mir? Nun, so einfach ist das nicht! Zuerst müssen wir klären, wer sie wirklich sind! Haben Sie mich verstanden?“

Willi glaubte seinen Ohren nicht trauen zu können. „… Wer ich wirklich bin?“ *Er hat mein Leben soeben vorgelesen und zweifelt daran?*

Ein kurzer Blick zu Jupp zeigte, dass diesem buchstäblich die Kinnlade nach unten gesunken war.

„Es gibt nach unseren Quellen, und die sind gut, einen Willi Arthur Lehmann, aber sind Sie das?“ Der Leutnant musterte Willi und erhoffte sich eine Reaktion. Dieser war immer noch benommen von der Situation, in die er geraten war, und stammelte: „Ich bin Willi Arthur Lehmann, wer denn sonst?“

Der Leutnant trat näher an Willi heran und sagte: „Nachdem der Krieg nun einige Monate vorbei ist, beginnt das Aufräumen. Wir suchen Kriegsverbrecher und Sie passen in das Raster. Im Zuge von Großoperationen der siegreichen Sowjetarmee konnten im allgemeinen Chaos des Zusammenbruchs viele Täter einfach untertauchen und andere Identitäten annehmen. Gehören Sie dazu?“

Willi fiel von einem Tal der Tränen in das nächste und konnte noch immer nicht begreifen, was dieser NKWD-Mann von ihm wollte.

Der Leutnant fuhr unbeirrt fort: „In den erbeuteten Unterlagen der 76. Infanteriedivision, die Einheit, die Sie angegeben haben, konnten wir einen Willi Arthur Lehmann nicht finden. Wer sind sie also? Ich gebe Ihnen bis morgen Zeit, darüber nachzudenken! Sie sind entlassen.“

Willi erhob sich, sein Puls raste und er versuchte irgendwie standhaft den Raum zu verlassen. Bis zum Abend zermarterte er sich den Kopf über das Gesagte. Auch das gute Zureden von Siggi und Jupp half nicht, sein Inneres zu beruhigen.

Wer bin ich? Wer soll ich sein? Was habe ich getan? Ist das das Ende?
In seinen Selbstzweifel meldete sich Siggi: „Mensch Willi, wenn die einen Verdacht hätten, wärst du im Wald standrechtlich erschossen worden. Der will dich zu etwas provozieren!"

Jupp bemerkte: „Ich habe den ganzen Nachmittag über deine Akte studiert und nur kleine Ungereimtheiten gefunden. Deinen Angaben im Lazarett nach stimmt die dort notierte Feldpostnummer nicht mit der der 76. Infanteriedivision überein. Das passt für die Russen anscheinend nicht!"

Willi staunte. Daran hatte er nicht gedacht. Als die übriggebliebene Kampfgruppe der Luftwaffen-Felddivision von der 76ten übernommen worden war, hatte man wahrscheinlich vergessen, dies zu ändern.

Jupp fuhr fort: „Auch ist es den Russen offenbar schleierhaft, wieso ein Soldat mit drei Jahren Kampferfahrung und den ganzen Auszeichnungen nur Obergefreiter ist."

Da musste Willi plötzlich laut lachen, was Jupp und Siggi sichtlich irritierte. Er erklärte: „Das habe ich mich die ganze Zeit über auch immer gefragt. Und es hat eine Weile gedauert, bis ich dahintergekommen bin."

Er kratzte sich am Kopf und fuhr schmunzelnd fort: „Wie ihr wisst, war ich bei der Luftwaffe und wurde dann ins Heer übernommen. Ich startete meine Karriere 1941 als Flieger, quasi die Erstbeförderung, wurde dann '42 Gefreiter. Dann der Vormarsch in die andere Richtung und ständig als Feuerwehr bei anderen Einheiten. Ich denke, dass meine Unterlagen dem Schwung meiner Aktivitäten nicht folgen konnten!"

Hochgerechnet müsste ich jetzt mindestens Unteroffizier sein, dachte sich Willi, aber was wäre dann anders? Er kannte viele ehemalige Kameraden mit höherem Dienstgrad, doch wo waren diese? Sie verfaulten in russischer Erde mit ihrem verdammten Dienstgrad – scheiß drauf. Bevor er seine Gedanken weiterlaufen lassen konnte, sagte Jupp: "Aber nun das Wichtigste! Als du auf deinem letzten Fronturlaub in der Heimat warst, musstest du dich in Cottbus melden. Hast du da etwas abgegeben?"

Willi dachte nach und längst verblasste Erinnerungen an die letzte Heimreise tauchten wieder auf. Vom Bahnhof in Cottbus hatte er sich direkt zur Meldestelle begeben und beim Offizier vom Dienst laut Anweisung vom Kompaniechef einige mitgeführte Unterlagen abgegeben. Dann war er zu seiner Familie weitergereist. „Ja, habe ich. Das war ein großer, dicker Briefumschlag mit der Feldpostnummer der 76ten ID. Was soll damit sein?"

Er blickte Jupp an und der antwortete: „In deiner Akte ist ein Vermerk dazu, was sehr außergewöhnlich ist. Weißt du, was darin war?"

Willi zuckte mit den Schultern und schaute Jupp fragend an.

„Weißt du es?", fragte er zurück. Natürlich konnte Jupp das nicht wissen, sonst hätte er ja nicht gefragt. Somit tappten die Russen ebenfalls im Dunkeln. Willi versuchte das soeben Gesprochene nochmals zu sammeln.

Die Russen denken also auf der Grundlage fehlender Informationen, dass ich nicht Willi Lehmann bin. Irgendwie muss ich ihnen klarmachen, dass ich es doch bin. Und in ihm reifte ein Plan.

∗

Nicht am nächsten Morgen, sondern zwei Tage später wurde Willi im Beisein von Jupp erneut verhört. Leutnant Michael Alexejewitsch Osromow vom NKWD hatte dieses Mal die Taktik geändert und erschien beinahe zwanghaft freundlich. Willi war auf der Hut und seit Tagen vorbereitet.

„Nun, Willi Arthurowitsch, ich darf Sie doch Willi nennen? Was macht ein hochdekorierter Angehöriger eines Luftwaffen-Jägerregiments bei einer so lausigen Einheit wie der 76. ID?"

Willi dachte kurz nach und antwortete: „Das wissen Sie doch bereits, Michael Alexejewitsch. Ihre glorreiche Armee hat meine Division in wenigen Monaten so weit dezimiert, dass wir auf andere Einheiten verteilt wurden. Mich wundert nur, wieso wir so lange Widerstand leisten konnten – als Flieger."

Der Leutnant zuckte kurz, aber gefasst, zusammen, nachdem Jupp das Gesagte übersetzt hatte, nickte und fuhr fort: „Wie kann es sein, dass ein Soldat an vorderster Front nach fast drei Jahren immer noch einen einfachen Mannschaftsdienstgrad hat

75

und nicht mindesten Unteroffizier ist? Bei den Auszeichnungen ist …"

Willi dachte zum Schein wieder kurz nach. „Wissen Sie, ich bin ein einfacher Mann mit dem Hang, unordentlich zu sein. Besonders die Pflege des Körpers und der Ausrüstung sind nicht so meins – nie gelernt. Wahrscheinlich war der Anblick einer derartig liederlichen Gestalt der Grund für die Nichtbeförderungen."

Der Leutnant betrachtete den vor ihm am Schreibtisch sitzenden Willi in seiner geflickten, aber sauberen Uniform, ohne Abzeichen, rasiert, die Haare kurzgehalten, und schüttelte den Kopf. „Das können Sie wem auch immer unterjubeln, Lehmann. So langsam verliere ich die Geduld!"

Willi antwortete: „Sehen Sie, Sie nennen mich Lehmann, aber bezweifeln meine Identität?" Bevor der Leutnant darauf antworten konnte, fuhr Willi fort: „Bei der Luftwaffe mahlten die Mühlen langsamer. Vielleicht bin ich schon zum Offizier ernannt worden und deshalb können Sie mit mir nichts anfangen?"

Er beobachtete den NKWD-Mann und stellte fest, dass dieser so langsam zu zweifeln begann. „Das werden wir nachprüfen. Sollte dies so sein, hängt das bestimmt mit ihrem Heimatbesuch im Sommer 1944 zusammen. Waren Sie auf Heimaturlaub, Lehmann?"

Willi nickte, sagt dazu aber nichts.

„Haben Sie vom Putsch gegen Hitler gehört?", fragte der Leutnant weiter.

Willi schüttelte den Kopf und antwortete: „Sollte ich?"

Der NKWD-Mann musterte Willi, schaute dann in seine Akte, musterte ihn wieder und schloss die Akte. „Erklären Sie mir, Lehmann, wie kommt ein kleiner Obergefreiter mit einem Hang zur Liederlichkeit zu einem Urlaubsschein inmitten einer Offensive der Roten Armee?" Er hielt kurz inne und fuhr dann fort: „Jede Einheit ihrer Feldgendarmerie hätte sie festgesetzt. Es sei denn, das war so gewollt!"

Willi verstand trotz seines bisher aufgegangenen Planes, den Leutnant zu provozieren und ihn mit seinen eigenen Waffen zu schlagen, gar nichts mehr.

„Gut. Wir machen eine kurze Pause, Lehmann, und dann reden wir weiter."

Der Leutnant nahm die Akte und verließ den Verhörraum. Willi und Jupp schauten einander fragend an, doch bevor sie sich austauschen konnten, erschien der Leutnant in Begleitung eines älteren Gefangenen wieder. Dieser trug ebenfalls eine abgetragene Uniform, die aber, wie Willi sah, von sehr guter Qualität war.

„Das ist Major Kurt Müller von der 44. Infanteriedivision und seit Anfang ‘44 unser Gast, nachdem er bei Bobruisk gefangen genommen worden ist. Er ist Mitglied im lagereigenen Bund Deutscher Offiziere und wird sich mit Ihnen unterhalten. Jetzt!"

Müller straffte sich und begann zu reden: „Mensch, Obergefreiter Lehmann, welches Spiel spielen Sie hier? Was haben Sie für Dokumente in Cottbus abgegeben? Sagen Sie es dem Russen und dann sind wir alle glücklich."

Willi verstand noch immer nicht, was man von ihm wollte. Also sprach er: „Ich hatte ein versiegeltes, dickes Kuvert kurz vor der Abreise vom Spieß bekommen, welches ich in Cottbus auf der Meldestelle abgeben sollte. Darauf stand nur die Feldpostnummer der 76. ID. Was drin war oder von wem und für wen auch immer es war, weiß ich nicht."

Damit schloss er seine Ausführungen und wartete die Übersetzung ab. Der Leutnant hörte zu, nickte kurz und musterte ihn. Willi erwiderte den Blick und plötzlich begann der Leutnant zu lachen. Dies verstand Willi gar nicht. Zuerst unterstellte man ihm eine falsche Identität, dann brachte man ihn mit einem Attentat auf den GröFaZ in Verbindung und jetzt lachte man ihn aus.

Bevor er sich darüber weiter Gedanken machen konnte, sagte der immer noch belustigte Leutnant: „Ich dachte mir schon, dass Sie, Lehmann, ein kleines Licht sind. Viel zu schlau für heldenhaftes Getue. Sie operierten unterm Radar und haben so überlebt – zumindest bis hierher. Ihre Identität konnte überprüft werden. Bei den Unterlagen, die Sie überbracht haben, handelte es sich um Dokumente, die über Cottbus nach Berlin weiter per Kurier geschickt wurden. Empfänger waren Mitverschwörer der 44er-Revolte gegen Hitler. Die Inhalte sind uns nicht bekannt, nur dass es eine kluge Entscheidung war, diese und Sie nicht direkt nach Berlin zu schicken."

Er legte eine kurze Pause ein, musterte Willi ob des Gesagten und dessen Reaktion und fuhr fort: „Damit sind Sie quasi alle Anschuldigungen los. Sie können in Ihre Unterkunft wegtreten."

Willi erhob und streckte sich. Der Schmerz kam urplötzlich und ohne Vorwarnung. Er versuchte den Mund zu öffnen und zu schreien, doch das gelang ihm nicht. Es wurde dunkel und er sackte zusammen.

1949

Es war ein schöner und noch warmer Spätherbsttag. Das Außenlager befand sich direkt an den Ufern des Flüsschens Yukhot nordöstlich von Uglitsch und nur wenige Kilometer südlich des neuen Rybinsker Stausees inmitten der russischen Weite. Anders als im Stammlager gab es hier keinen Stacheldraht und keine Wachtürme. Lediglich fünf kleine Hütten, die kreisförmig um einen Platz angelegt worden waren, vermittelten den Eindruck eines „Lagers". Etwas abseits befand sich das Holzhäuschen der Latrine. Auf dem Weg zu ihr zweigte ein Trampelpfad in Richtung des Flüsschens ab. Dort hatte man einen provisorischen Anleger errichtet, von dem aus das Lager versorgt werden konnte. Die nächste Ortschaft lag einige Kilometer entfernt. Befestigte Wege dorthin existierten nicht. Das war auch nicht notwendig. Im Lager lebten von Beginn der Schneeschmelze und dem Abtauen des Eises bis zum ersten Schneefall 16 Gefangene, die für die Fischkolchose des Wolga-Zuflusses arbeiteten. Aufgeteilt in Vierertrupps, wurden sie locker bewacht von drei Soldaten des NKWD, der Hauptabteilung für Angelegenheiten der Kriegsgefangenen und Internierten des Innenministeriums der UdSSR. Diese wurden alle vier Wochen ausgetauscht, damit sich beide Seiten nicht aneinander gewöhnen konnten.

Seit Herbst 1947 gehörte Willi zu jenen 16 Kriegsgefangenen. Alles begann nach der Unterredung mit dem Politoffizier, an dessen Ende ein medizinischer Rückfall stand. Einer der noch im Körper verbliebenen Granatsplitter hatte auf seiner Reise durchs Gewebe Entzündungen hervorgerufen. Willi lag wochenlang auf der Krankenstation und konnte erst im Verlauf des Herbstes wieder mit leichter Arbeit beginnen – zunächst in der Küche, was ihm eine gewisse regelmäßige Verpflegung einbrachte, später dann in der Verwaltung. Mit beginnendem Winter des Jahres 1947 wurde er durch den Lagerarzt uneingeschränkt arbeitsfähig erklärt. Damit stand fest, dass er an die Baustelle zum Rybinsker Stausee abkommandiert werden würde. Das galt definitiv als Todesurteil, wie man am reichlich gefüllten Lagefriedhof mit den schmucklosen Holzkreuzen erkennen konnte. Doch ein Zufall wollte es anders. Quasi am Tag der Gesundschreibung erschien ein Russe bei der Lagerverwaltung und ersuchte um Arbeiter für seine Kolchose. Die Tätigkeiten umfassten im Winter Holzschlagen und diverse handwerkliche Arbeiten und im Frühjahr bis Herbst Fischfang in den Gewässern der Kolchose. Jupp und Siggi sorgten dafür, dass Willis Name ganz oben auf der Liste stand.

Überhaupt hatte sich im Lager einiges verändert. Dass Jupp Entscheidungen treffen konnte, lag daran, dass sich das Lager zum größten Teil selbst verwaltete und durch die Arbeit der Gefangenen sogar eigenes Geld erwirtschaftete. Damit konnten Lebensmittel gekauft und verteilt werden. Wieder einmal zeigte sich: Wer wen kannte, überlebte. Und so verließ Willi im Spätherbst des Jahres 1947 das Stammlager und kam zu einem Bautrupp, der 150 Kilometer südwestlich von Uglitsch im Großraum Moskau bei der Errichtung von Häusern half, was ihm im kalten Winter das Überleben sicherte.

Mit Beginn des Frühjahres 1948 ging es zurück nach Uglitsch und von dort an den Yukhot. Zuerst errichteten die Gefangenen die besagten fünf Hütten. Mit ihrer Erfahrung im Häuserbau entstanden kleine Nachbauten der traditionellen russischen Holzhäuser. Verpflegt wurden sie durch die Kolchose, bei der einige Gefangene als Handwerker tätig wurden. Doch ab dem Sommer arbeiteten alle als Fischer. Willi, dessen Fähigkeiten sich auf rudimentäre Angelerfahrungen als Jugendlicher beschränkten, lernte sehr schnell. Netze knüpfen und flicken, auslegen und einholen. Das Töten der Fische, Ausnehmen und Entschuppen, aber auch alle Tätigkeiten für das Verwerten des Fisches. Willi war vor allem dankbar dafür, nun direkt an einer regelmäßigen Nahrungsquelle zu sitzen. Die eiweißreichen Mahlzeiten, die allemal besser waren als die obligatorischen 200 Gramm Kascha – Maisbrei – sorgten dafür, dass er das erste Mal seit Beginn seiner Gefangenschaft keinen Hunger mehr verspürte. Irgendwie war es ein gutes Leben. Er hatte durch den regelmäßigen Kontakt mit den Russen der Kolchose

Russisch gelernt und konnte sich gut verständigen. Die Wachen ließen es sogar zu, dass er oder andere allein vom Lager am Fluss zur Kolchose laufen durften. Teilweise war das Leben hier besser als bei den Russen in den umliegenden Dörfern. Kriegshandlungen hatte es hier nicht gegeben, auch keine Zerstörungen. Dennoch hatte jede Familie ein Familienmitglied im Krieg verloren. Oft sah Willi in ihren Augen eine Veränderung, wenn er mit ihnen sprach. Und stets spürte er die stumme Frage nach dem *Warum*. Nie aber entdeckte er Hass oder Abscheu. Und nun saß er hier, oberhalb des Flüsschens, und sah die Sonne fern am Horizont untergehen. Dahinter lag sein Zuhause, das er nunmehr seit fünf Jahren nicht mehr gesehen hatte. Wie sah es dort wohl aus? Der Krieg war nun seit mehr als vier Jahren vorbei. Neuigkeiten aus der Heimat erreichten ihn nur in unregelmäßigen Abständen und das per Mundpropaganda. Die seit 1947 regelmäßig eintreffenden Briefe enthielten eher Informationen zur Familie. Aber wie lief das Leben daheim? Es stellte sich bei Willi ein gewisses Maß an Heimweh ein und er stellte sich still eine Frage: *Wann komme ich heim?*

Immer wieder war er dabei, wenn Kameraden sich verabschiedeten und den Weg in die Heimat antraten. Er selbst hatte 1946 eine dieser Heimreisen genutzt und Heinrich, ein Niederbayer, gebeten, in Deutschland an seine Eltern einen Brief zu schreiben und ihnen mitzuteilen, dass er noch lebe. Seine Mutter hatte ihm dann später bestätigt, eine Nachricht von Heinrich erhalten zu haben. Von den ehemals 16 Mann, die zur Kolchose gekommen waren, befanden sich nun schon 13 auf dem Weg in die Heimat oder waren dort bereits angekommen.

Wann kann ich endlich? Er griff in die Brusttasche seiner Arbeitsuniform und entnahm ihr den Packen persönlicher Dokumente, die er besaß. Er sah das Bild seiner Mutter, den letzten Brief von zuhause und verharrte dann vor einem abgegriffenen, kleinen Zettel. Wann dieser genau entstanden war, wusste Willi nicht mehr. Irgendwann '44, irgendwo in der Ukraine. Im Stab der 76ten dudelte den ganzen Tag über das Grammophon. Irgendwer legte eine Schallplatte von Richard Tauber auf und schon war der sonst quirlige Stab sehr ruhig. Alle hörten gespannt zu, wie das Wolgalied ertönte.

Auch Willi war damals ergriffen gewesen und hatte nicht ahnen können, dass er irgendwann einmal an den Ufern der Wolga ebendieses Lied mit den Kameraden singen würde. Kurze Zeit später wurden Abschriften vom Text angefertigt und vervielfältigt. Und diese hier war seine. Nicht alle Textpassagen waren zunächst korrekt, Willi hatte sie im Laufe der Zeit ausgebessert, und vollständig war das Lied auch nicht. Doch hier nun, am Flüsschen Yukhot, kam ihm die Melodie wieder in den Sinn und er begann zu summen und dann leise zu singen:

> *Auf der Wolga breiten Fluten,*
> *durch das enge Inseltor,*
> *fährt in buntbemalten Booten,*
> *Stenka Rasins Schar hervor.*
> *Auf dem Ersten mit der Fürstin,*
> *einer schönen Perserin,*
> *fährt nach festlich heiterem Mahle,*
> *Stenka Rasin selbst dahin.*
> *Doch da geht ein leises Grollen*
> *durch der Donkosaken Reih'n,*
> *soll um eines Weibes Willen*
> *unsre Not vergessen sein.*
> *Stenka hört, der alte Recke*
> *ist in ihm nun doch erwacht*
> *und er hebt in kühnem Schwunge,*
> *seine Fürstin über Bord.*
> *Schleudert weit sie in die Fluten*
> *und die Wolga trägt sie fort.*

Nachdem er die erste Strophe nochmals gesungen hatte, bemerkte er, dass sich eine Person zu ihm gesetzt hatte. Sie war kein Mitgefangener, sondern Iwan Iwanowitsch Serpuchow, der Brigadier der Kolchose. Willi wusste nicht, wie lange dieser schon neben ihm gesessen hatte, vermutete aber, dass dieser seine Gesangseinlage vollständig mitbekommen hatte.

Bevor er etwas sagen konnte, sprach Serpuchow: „Willi Arthurowitsch, ein tolles Lied. Irgendwie völkerverbindend. Ihr singt von der Wolga und wir von Lilli Marleen. Wenn es doch immer so einfach wäre. Einfach die Rollen tauschen!"

Er blicke Willi an und erkannte, dass dieser ihn nicht verstand. „Was hältst du davon, hier zu bleiben?", fuhr er fort. „Du bekommst ein Häuschen in der Nähe der Wolga und arbeitest weiter in der Kolchose. Zwei Kühe und Federvieh geben wir noch dazu. Eine Frau wird sich auch finden."

Er wartete die Reaktion von Willi ab. Dieser glaubte, der Brigadier wollte ihn verarschen. Doch Iwan meinte es ernst.

„Was willst du in Deutschland? Alles kaputt. Viel Elend und kaum Essen. Mit der Zeit wird dies hier deine Heimat. Besuch dein altes Leben und dann kommst du zurück."

Mit diesen Worten stand er auf und verschwand im letzten Dämmerlicht so geheimnisvoll, wie er erschienen war.

Was will ich in Deutschland? Diese Frage brannte sich in Willis Gedächtnis ein. *Was will ich in der Heimat? Ist das hier jetzt meine Heimat. Hat der da oben das alles so geplant? Oder was steckt hinter diesem ominösen Besuch?*

Antworten wusste Willi darauf nicht zu geben. Er erhob sich, verstaute die Dokumente wieder in der Brusttasche und begab sich zu dem kleinen Lager, wo er schon erwartet wurde.

„Willi, in 15 Minuten geht es los. Hol deine Sachen und vergiss die beiden langen Seile an der Tür in deiner Unterkunft nicht. Pack auch die langen Wattstiefel ein."

Willi besann sich, obwohl innerlich aufgewühlt, ob der Aussagen des Brigadiers. Für diesen Tag war nämlich eine Elchjagd etwas weiter südlich in einem Sumpfgebiet angesetzt. Am Vortag hatte einer der Wachen, von der Jagd kommend, die Nachricht mitgebracht, er hätte Elchspuren gefunden. Er allein aber konnte einen erlegten Elch nicht transportieren. Aus diesem Grund sollten ihn nun fünf Gefangene zur Jagd begleiten. Kurze Zeit später waren Willi und vier andere bereit, dem Russen in das Dunkle der Nacht zu folgen.

Einige Stunden strichen ins Land. Der Morgen dämmerte bereits und Willi versuchte gegen die Müdigkeit und die Schwärme von Moskitos anzukämpfen. Etwas weiter vorne erklang ein schmatzendes Geräusch, dessen Quelle offensichtlich näherkam. Plötzlich tat es einen Knall und aufgeregte deutsche und russische Rufe schnitten durch den Wald.

„Willi, vor dir ist der Elch! Der Posten hat ihn gesehen und geschossen. Ob er ihn getroffen hat, weiß keiner."

Willi bewegte sich langsam vorwärts und sah wenige Meter vor sich im sumpfigen Wasser den Elch liegen. Er war zusammengebrochen, lebte aber noch. Ein schönes Tier. Im Geweih hatten sich Gräser verfangen und hinterließen den Eindruck, als ob er sich hatte tarnen wollen. Der Elch versuchte sich zu erheben, konnte es aber nicht. Willi entdeckte eine blutende Wunde an der Seite, wahrscheinlich der Treffer des Postens. Hinter sich hörte er das schmatzende Geräusch von Schritten im Sumpf. Seine Kameraden waren ihm gefolgt und betrachteten den Elch mit dem gleichen Respekt. Keiner sagte ein Wort, hatten doch alle erlebt, wie rasch ein Leben vergehen konnte. Kurze Zeit später senkte der Elch den Kopf und verstarb.

Trocken bemerkte der hinzugetretene Russe: „Das wird für euch eine Mordsarbeit, den zu zerlegen." Und er sollte Recht behalten. Den gesamten Vormittag verbrachte die Gruppe damit, das riesige und vor allem schwere Tier aus dem sumpfigen Gelände zu ziehen. Beim Enthäuten zeigte sich, das der Russe zufällig das Herz getroffen hatte. Die Innereien des Tieres vergruben sie und dann wurde es zerteilt. Danach trugen Sie die Bestandteile in mehreren Touren zum Lager. Dort wurde das Fleisch in Portionen aufgeteilt, gesalzen und in den Fischräucheröfen sofort haltbar gemacht. Die kleine „Besatzung" des Lagers verfügte nun für gut zwei Wochen über Fleisch nebst den üblichen Fischen und der Kascha. Am Abend wurden einige vorher bereitgelegte Stücke direkt gebraten und Willi aß zum ersten Mal in seinem Leben Elch. Er war begeistert, so wie in den Hungerjahren direkt nach Kriegsende, als er zum ersten Mal Igel gegessen hatte.

*

Der Herbst wich so langsam dem Winter. Ende Oktober wurde es empfindlich kalt und der Fluss begann an den Ufern zuzufrieren. Die tägliche Arbeit des Fischens wich allmählich dem Bevorraten von Holz für den Winter. Willi war am letzten Tag im Oktober des Jahres 1949 eingesetzt worden, zu Fuß zur nächsten Ortschaft zu gehen, um Post und Nahrungsmittel gegen geräucherten Fisch einzutauschen. Die Bewohner des Lagers durften nämlich zehn Prozent des Ertrags für sich selbst behalten und konnten dies als Tauschmittel einsetzen. Mit gut zehn Kilogramm allerfeinstem geräucherten Weißlachs trat er am frühen Morgen den gut vier-stündigen Weg an. Gegen Mittag sollte er sich dann mit den eingetauschten Waren auf den Rückweg begeben. Willi trug eine typische Steppjacke mit dem Aufdruck des Kriegsgefangenen, darunter eine einfache Armeebluse ohne Schulterstücke. In den Brusttaschen verstaut befanden sich seine persönlichen Dokumente und der obligatorische Marschbefehl. Zudem trug er eine derbe Arbeitshose, die in Stiefeln, den sogenannten Walenkis, aus Filz mündete. An seinen Füßen trug er frische Fußlappen, die sich gegenüber den gestrickten Socken als praktischer erwiesen hatten. Auf dem Kopf saß immer noch seine Mütze, die stark abgegriffen und ohne Hoheitszeichen war. Er selbst hatte nach seiner schweren Verwundung wieder an Gewicht zugenommen, war aber durch die zum Teil sehr schwere Arbeit immer noch hager. Seine Frisur bestand aus Stoppeln, die Wangen waren eingefallen. Seine Haltung war jedoch straff.

Er bewegte sich mit Leichtigkeit durch die Landschaft. Zuerst durchquerte er ein großes Waldgebiet in Richtung Norden. Wie immer führte er einen angespitzten Stab mit sich, der zur Selbstverteidigung diente. Schon sehr oft hatte er Bekanntschaft mit dem Wolf gemacht, die besonders im Winter dem Lager sehr nahekamen und gelegentlich einen Schuss des jeweiligen Postens provozierten. Bei einer dieser Zwischenfälle hatte Willi das flüchtende Tier noch sehen und später beim Betrachten der Abdrücke im Schnee feststellen können, dass seine gesamte Handfläche hineinpasste. Seitdem zollte er dem heimlichen König der russischen Wälder Respekt. Angst verspürte er keine, da er wusste, dass die Tiere den Menschen eigentlich mieden und es nur, wenn sie Hunger hatten, gelegentlich zu Zusammenstößen kam. Außerdem hatte er für den Notfall einen kurzen Dolch bei sich, den er beim letzten Besuch im Dorf gegen Fisch eingetauscht hatte. Eigentlich war es Kriegsgefangenen ja verboten, Waffen zu tragen, aber die Posten machten bei der kleinen Fischereigruppe eine Ausnahme. Sie alle besaßen ein Messer oder wie Willi die kürzere Variante.

Währenddessen er mit seinem Rucksack den Wald durchquerte, dachte er wieder einmal über die Heimkehr nach. Schon oft hatte er an eine Flucht gedacht. Doch jedes Mal, wenn er aus dem Dorf zurückkehrte, wurde ihm klar, dass die Entfernungen viel zu groß waren. Für den Weg ins Dorf benötigte er acht Stunden, und das waren vielleicht 30 Kilometer. Seine Heimat befand sich aber rund 2.000 Kilometer entfernt. Der Gedanke daran, sie zu Fuß erreichen zu müssen, ohne regelmäßige Nahrung und unter ständiger Angst, entdeckt zu werden, erdete ihn schnell. Aber viel größer war seine Angst vor einem Gefangenlager weiter im Osten samt Garantie, nie mehr nach Hause zu kommen.

Tief in Gedanken versunken, öffnete sich vor Willi der Wald und er trat auf ein Feld. Dieses war mit einer dünnen Schneedecke überzogen, als wenn es mit Puderzucker bestreut worden war. Am Feldrand entlang schlängelte sich ein ausgefahrener matschiger Pfad in Richtung des in der Ferne anhand der Rauchfahnen sichtbaren Dorfes. Als Willi ihn erreichte, bemerkte er frische Reifenspuren, breiter als die üblichen der Panjewagen, welche die Bewohner des Dorfes gelegentlich nutzten. Er hielt sich am Rand der, wie er und die anderen Kameraden es scherzhaft nannten, „Rollbahn" und brauchte noch eine Weile bis zum Dorf. Dieses bestand aus der durch sie hindurchführenden „Rollbahn" und zudem aus gut 20 bis 25 beiderseits davon gelegenen Gehöften. Jedes von ihnen schien einen Hund zu haben, denn als Willi sich näherte, empfing ihn das Geheul von mehreren. Ziemlich zentral im Ort lag das Magazin, in dem er seine Ware eintauschen wollte. Hier gab es für die jeweiligen Gefangenen stets etwas zu essen und zu trinken – meist dunkles, schweres Schwarzbrot und Tee. Im hinteren Bereich des Magazins hatte sich der Ortsvorsteher eingerichtet. Ein kleiner Verschlag mit einem provisorischen Schreibtisch, zwei Stühlen, dahinter und davor einer Glühbirne und zudem einem kleinen Fensterchen. Willi sah vor dem Magazin einen Jeep amerikanischer Bauart stehen. Der dagegen lehnende Fahrer rauchte und straffte seine Haltung, als er Willi sah. Als dieser den Fahrer erreichte, spukte er verächtlich vor Willi aus und sagte: "Euch hier frei herumlaufen zu lassen … Euch sollte man alle erschießen, ihr Faschistenschweine."

Willi nahm seinen Mut zusammen und antwortete: „Dann mach es doch! Mach! Ob ich nach Hause komme, weiß ich nicht. Dann lieber hier und jetzt sterben!"

Der Fahrer führte seine Hand zur am Koppel befestigten Pistole und öffnete das Holster.

„Renn weg, Nazi, renn weg! Dann wird es für uns beide leichter." In diesem Moment öffnete sich die Tür des Magazins und eine Gestalt in Offizierskleidung trat heraus.

„Igor Wassiliewitsch und Willi Arthurowitsch, habt ihr ein Problem?" Ohne das Gesicht zu sehen und immer noch voll des Adrenalins erkannte Willi die Stimme sofort. Ihm wurde eiskalt. Michael Alexejewitsch Osromow vom NKWD. Er blickte auf diesen und sah in ein grinsendes Gesicht.

„Ruhig Igor, ruhig! Lass einen meiner ältesten deutschen Freunde in Ruhe und kümmere dich um das Auto!"

Dann blickte er auf den verdutzten Willi. „Kommen Sie herein. Ich erwarte Sie schon seit zwei Tagen." Willi schritt an dem immer noch aggressiv blickenden Fahrer Igor vorbei und folgte dem NKWD-Mann ins Magazin. Dort sah er den Besitzer Wladimir, der Willi einen flüchtigen Gruß zusandte. Nachdem er in den kleinen Raum mit dem noch kleineren Fenster eingetreten war, forderte ihn der NKWD-Mann auf, die Tür zu schließen und auf dem Stuhl vor dem Schreibtisch Platz zu nehmen. Willi musste sich aufgrund des Rucksacks schräg auf den Stuhl setzen.

„Wie lange ist das jetzt her, Willi Lehmann? Zwei oder drei Jahre? Sie sehen besser aus als damals, fast schon wie ein

Einheimischer. Wie Sie sehen können, bin ich jetzt Hauptmann. Nehmen Sie es Igor nicht krumm; er hat im Krieg seine Frau und seinen Sohn in Leningrad verloren. Seitdem hasst er alle Deutschen."

Willi verstand noch immer nicht. Er saß in diesem provisorischen Raum, noch in seine Steppjacke gekleidet, zudem hungrig und durstig vom Marsch durch die Wälder und mit einem zehn-Kilogramm-Rucksack auf dem Rücken. Der NKWD-Hauptmann sah ihn an und begann zu lachen.

„Wie unhöflich von mir. Legen Sie ab, Willi. Den Rucksack können Sie nachher Wladimir geben, denn den brauchen Sie nicht mehr!"

In Willi zerbrach in diesem Moment eine Welt. Jetzt war das Ende nah. Dieser Offizier, der ihn so abgrundtief hasste, würde ihn vor ein Erschießungskommando stellen oder ihn in ein anderes Gefangenlager weit im Osten verlegen lassen. Er begann schwer zu atmen und sackte innerlich zusammen. Der NKWD-Mann bemerkte dies wohl.

„Nein, ich bin nicht gekommen, um Sie länger und intensiver zu bestrafen. Es ist GENUG. Sie haben Ihre Schuld schon lange abgetragen. Es ist an der Zeit, nach Hause zu gehen!"

Diese Worte mussten erst einmal einsinken. Nach Hause, es ging nach Hause. Endlich!

Heimkehr

Mit einem kleinen, selbst gefertigten Holzkoffer in der Hand durchschritt Willi mit den anderen Heimkehrern spät in der Nacht das Lagertor des Heimkehrerlagers Gronenfelde bei Frankfurt an der Oder. Ironischerweise hatte dort jemand den Spruch „Glückliche Heimkehr" angebracht. Ob sie tatsächlich glücklich war nach über fünf Jahren Gefangenschaft – sicherlich. Ob aber die Heimkehr auch glücklich verlaufen war – eher nicht. Die Gruppe erreichte den großen Appellplatz und wurde dann über den Lagerfunk entsprechend ihrem Heimatlande auf Baracken aufgeteilt. Die sie begleitenden Lagermitarbeiter erklärten das Prozedere: Zuerst eine Mahlzeit, dann Säuberung und Entlausung. Im Anschluss dann die ärztliche Untersuchung. Daraufhin Neueinkleidung und Übernachtung.

Zwei Tage später, es war der 30. Dezember 1949, stand dann die Heimreise an. Willi legte seinen Koffer auf dem unteren Bett eines Doppelstockbettes ab. Viel besaß er nicht. Eine Unterwäschegarnitur aus allerfeinsten russischen Leinen, zwei Paar Fußlappen, Zahnbürste, etwas Seife, ein „Handtuch" aus nicht bestimmbarem Stoff, eine kleine Schachtel mit persönlichen Dingen und ein paar Schachteln „Papirossa", die er zu schätzen gelernt hatte. Er zündete sich eine an und sah sich um. Die Baracke bestand aus einem einzigen langen Raum mit vier Eingängen. An den langen Wänden standen jeweils zwei Doppelstockbetten aus Holz zusammen und bildeten eine lange Reihe für vielleicht 100 Mann. Unterbrochen von kleinen Fenstern mit Gardinen und je zwei Stühlen davor, war die Baracke gut gefüllt, und wie Willi sah, nicht nur mit Männern seines Trupps. Viel Zeit zum Nachdenken blieb nicht.

„Alle Neuankömmlinge zum Essenfassen raustreten und, wer hat, Essgeschirr und Besteck mitbringen", rief einer der Lagermitarbeiter mehrfach in die Baracke. Willi besaß beides nicht und stellte sich vor der Baracke in Marschformation an. Alles verlief ruhig und routiniert, Befehle waren nicht notwendig. Jeder wusste genau, was er zu tun hatte. Die Formation setzte sich in Bewegung und erreichte schweigend den Kantinenbereich. Wohlwissend, dass viele Heimkehrer als erstes ihr russisches Kochgeschirr, zumeist eine Konservendose, entsorgen würden, bekam Willi im Speisesaal ein Kochgeschirr aus Wehrmachtsbeständen und dazu echtes Besteck aus Metall von den Küchenbediensteten ausgehändigt. Automatisch fasste er die drei Bestandteile in der rechten Hand zusammen. In den Deckel bekam er duftenden Kaffee, in den Behälter Kartoffelsuppe und in den Einsatz das Würstchen dazu. Nachdem er sich an eine der langen Tafeln gesetzt hatte, begann er zu essen und glaubte im Himmel zu sein – das erste Essen auf deutschem Boden seit 1944. Er aß langsam und bedächtig und stellte fest, dass es in der Kantine seltsam ruhig war. Er hörte nur das Klappern des Geschirrs, aber keinerlei Gespräche. Willi blickte auf die Kameraden in seiner unmittelbaren Umgebung und schaute in ernste und nachdenkliche Gesichter. Auch rollten Tränen und Willi verstand sofort. Sie hatten jahrelang in einem Krieg gekämpft, Leid gesehen und selbst gelitten. Für viele war eine mögliche Heimkehr lange nur ein „Skoro domoj – bald nach Hause!" geblieben, was meistens genau das Gegenteil bedeutet hatte. Nun waren sie hier und wussten nicht, wie es weitergehen sollte. Es gab Gerüchte, dass nicht wenige an diesem Punkt verrückt oder ihrem Leben ein Ende setzen würden.

Nein, dachte Willi, *ich nicht! Ich will nach Hause!*

„Essen beenden und vor der Kantine antreten!" Die Stimme riss Willi aus seinen Gedanken. Die müden Landser erhoben sich und bewegten sich zum Ausgang. Von dort ging es zum Sanitätsbereich. Sie wurden in Zehnergruppen eingeteilt. Dann Körperhygiene. Wieder die Haare ab und danach Neueinkleidung. Der alten, verschlissenen und verdreckten Kleidung weinte er keine Träne hinterher – seiner Mütze schon. Sie begleitete ihn seit 1942 und weckte Erinnerungen. Aber um sie zu feilschen, war es nicht wert. Er erhielt zwei Sätze Unterwäsche, zwei Paar Socken, einen Mantel und eine Uniformbluse ohne Abzeichen aus ehemaligen Wehrmachtsbeständen. Dazu eine zivile Stoffhose mit Gürtel und Hosenträgern sowie ein Sakko in grauer Farbe. Die zivilen Sachen würden aus Spenden des

Roten Kreuzes stammen, wie man ihm erklärte. Alles war zum Teil einige Nummern kleiner als seine Konfektionsgröße und roch sehr streng nach Mottenpulver. Aber irgendwie passte es. Schwieriger gestaltete sich die Schuhwahl. Seine Füße hatten sich im Verlauf der Jahre an die Filzstiefel und selbst hergestellten sommerlichen Sandalen gewöhnt. Er entschied sich für ein Paar gebrauchte Halbschuhe, die nicht drückten.

Angezogen und mit dem Rest der Kleidung unterm Arm, wurden die Heimkehrer dann den verantwortlichen Lagerärzten vorgestellt. Willi wurde nach kurzer Wartezeit von einem Dr. Schmidt begutachtet. Willi sah, dass er es mit einem alten Wehrmachtsarzt zu tun hatte. Auf dessen Schreibtisch lagerte ein ganzer Stapel Akten. Er nahm die oberste und öffnete diese.

„Lehmann, Willi Arthur, Jahrgang '23, Luftwaffe, dann Infanterie, schwer verwundet in '44 in Rumänien und dann Gefangenschaft im Raum Rybinsk. Lehmann – sind Sie gesund?"

Willi war verdutzt ob des Gesagten. Woher wusste man all das über ihn? Und warum fragte er ihn nach seiner Gesundheit? Nach kurzer Überlegung antwortete er: „Jawohl, Herr Stabsarzt. Keine Beschwerden!"

Dieser musterte ihn. „Oberkörper frei!"

Willi legte das Sakko ab, öffnete das Hemd und zog es aus. Die Schwester, welche mit im Raum weilte, räusperte sich kurz. Der Arzt betrachte Willi und befahl ihm, sich zu drehen.

„Mann, Lehmann, dass Sie noch leben ... Der das zusammengeflickt hat, ist ein Genie. Normalerweise wären Sie seit Jahren tot. Respekt! Ihr Überlebenswille muss gewaltig sein. Sie sind entlassen! Schwester, der Mann ist gesund, aber etwas unterernährt. Vermerken Sie das!" Er unterbrach kurz, sah sich die Narben an und fuhr fort: „Wenn Sie zu Hause sind, suchen Sie sich einen Spezialisten. Ich denke, da sind noch Splitter im Körper, die irgendwann raus müssen. Auch glaube ich, dass Sie das ganze Leben Probleme mit der Malaria haben werden. Aber das schaffen Sie schon! Machen Sie es gut!"

Damit war Willi entlassen. Den Weg zur Baracke bekam er unter dem Eindruck des Gesagten nicht mehr mit. Die Gedanken kreisten und erst der Anblick seines Holzkoffers brachte ihn in die Gegenwart zurück. Er legte die Bekleidung ab und legte sich in Unterwäsche in das Doppelstockbett, dass mit richtiger Bettwäsche bezogen war.

Morgen also komme ich nach Hause. Wahnsinn! Wie oft habe ich davon geträumt und nun wird es Wirklichkeit. Was erwartet mich?

Der Lagermitarbeiter hatte allen mitgeteilt, dass die Ankunft mit einem Telegramm vom Lager aus vorbereitet werden kann.

Doch erreicht dieses bis morgen meine Eltern? Ich lass es lieber. Ich bin bis hierhergekommen und nun schaffe ich auch noch den Rest.

Seine Gedanken schweiften ab.

Brest 1949

Der Zug mit den Kriegsgefangenen erreichte nach gut zehn Tagen Fahrt die jetzige Grenzstadt zwischen der Sowjetunion und Polen. Über die neuen Verhältnisse in Europa nach dem Ende des Krieges waren Willi und die anderen Kriegsgefangenen regelmäßig in Antifa-Schulungen von „Deutschen Antifaschisten" des Nationalkomitee Freies Deutschland und von Politkommissaren aufgeklärt worden. Der Lagerkommandant meinte gar: „Der deutsche Soldat ist nicht in Gefangenschaft – er ist auf Universität des Lebens!"

Vieles auf jenen Veranstaltungen Gesagtes konnte Willi aus eigenen Erfahrungen nachvollziehen. Aber es war auch sehr viel Propaganda dabei. Er hatte es sich zur Aufgabe gemacht, sich seine eigene Meinung zu bilden. Ganz vorne stand, dass die Kriegsjahre verlorene Jahre waren. Seine Jugend war weg. Soweit er zurückdenken konnte, waren da nur Tod und Zerstörung. Wie viele Kameraden hatte er verloren, wie viel Leid hatte er über andere gebracht? Diese Erinnerungen und die fehlenden Antworten waren ein fester Bestandteil seines Seelenwesens. Ob die Kameraden, die sich nun mit ihm den Güterwagon teilten, ebenso dachten?

Vor zehn Tagen, am 10. Dezember 1949, war Willi im Kriegsgefangenlager aufgebrochen und hatte zwei Tage später die zentrale Sammelstelle für Heimkehrer in Moskau erreicht. Nach Entlausung, Reinigung, Einkleidung und ärztlicher Untersuchung ging es zwei weitere Tage später mit einem aus gut 20 Güterwaggons bestehenden Zug weiter in Richtung Westen. In jedem Waggon befanden sich gut 30 bis 35 Personen, Kameraden, oder jetzt: Heimkehrer. Es gab in jedem Waggon zwei Pritschen und ein kleines Loch für die Notdurft, zudem einen Kanonenofen, denn die Temperaturen lagen in der Nacht beständig bei unter minus 25 Grad. Das erinnerte Willi an die Transporte während des Krieges und er richtete sich ein. Verpflegung erhielten sie jeden Tag. 300 Gramm russisches Brot. Einen Wurstring, etwas Kascha und einen Streifen Speck. Da Willi in einer Kolchose gearbeitet und nebenbei verdient hatte, hütete er in seinem extra für die Heimreise angefertigten Holzkoffer noch diverse Konserven und eingelegten Lachs. Dazu erhielten die Heimkehrer Tee aus dem Wagen der Begleitmannschaften, wenn der Zug hielt – und er hielt oft, um anderen Zügen den Vorrang zu lassen. Die Begleitmannschaft des Zuges bestand aus Georgiern. Schnell freundete sich Willi mit einigen von ihnen an und bekam natürlich, nachdem er Teile seiner Geschichte erzählt hatte, den „richtigen" Tee – den grusinischen.

Den obligatorischen Halt nutzte Willi, um sich die Beine zu vertreten. Dabei beobachtete er einmal interessiert das Umspuren der Waggons von der breiten russischen auf die europäische Standardspur. Weit entfernen konnte er sich nicht, da allerorts Posten die Männer im Blick behielten. Aber in der Nähe des Bahnhofgebäudes interessierte ihn ein kleiner, aber lauter Auflauf von Heimkehrern. Er gesellte sich dazu und sah einen provisorischen Verkaufstand. Sechs Landser umringten diesen sowie die abgerissene Frau, der der Stand offenkundig gehörte. Sie verkaufte russische Spezialitäten – Wareniki, Pelmeni und gegrilltes Geflügel. Willi kannte diese Leckereien aus dem Dorf in der Nähe der Kolchose und ihm lief das Wasser im Munde zusammen. Daraufhin versuchte er den Grund für den Krach zu ergründen.

„Was ist los?", fragte er einen der Landser. Dieser trug im Gegensatz zu den anderen augenscheinlich „bessere" Bekleidung.

„Das geht dich gar nichts an. Verpiss dich und kümmere dich um deine eigenen Angelegenheiten!"

Willi antwortete nicht, dachte aber bei sich, dass er es mit einem ehemaligen Offizier oder Heimkehrer zu tun habe, der im Lager diverse Privilegien genossen hatte. Er wandte sich vom Geschehen ab und bewegte sich mit langsamen Schritten in Richtung seines Waggons. Plötzlich ein lauter Knall, den Willi sofort als Schuss identifizierte. Er warf sich zu Boden und legte intuitiv die Hände in den Nacken. Es folgte ein Stakkato an Schüssen und er hörte das Pfeifen von Kugeln. Er blickte vorsichtig zur Seite und sah weitere Personen in ähnlicher Haltung auf dem Boden liegen. Es knallte wiederum mehrfach, brüllende Stimmen mischten sich unter den Lärm. Willi erkannte die georgische Aussprache des russischen Befehlstons.

„Alle bleiben liegen. Keiner rührt sich, sonst wird sofort geschossen!" Diese Stimme kannte er. Sie gehörte Georgii, einer der Posten, mit denen er gesprochen hatte. Er stammte aus Wladikawkas, früher Ordschonikidse. Willi war 1942 und 1943 in der Nähe dieses Ortes gewesen. Sie hatten sich darüber unterhalten und Gemeinsamkeiten entdeckt. Doch nun rannte besagter Georgii mit der Maschinenpistole im Anschlag und weiteren Sicherungssoldaten im Schlepptau in Richtung des Verkaufsstandes und rief immer wieder: „Liegen bleiben! Liegen bleiben!"

Eine weitere, aus der Bewegung abgefeuerte Salve schlug irgendwo dort ein, wo Willi vor Minuten noch mit dem arroganten Kameraden gesprochen hatte. Weitere Minuten vergingen, bis der Befehl ertönte: „Alles auf und zu den Waggons. Schnell, schnell!"

Willi erhob sich, klopfte den Schnee von seiner Kleidung ab und warf einen raschen Blick zum Ort des Geschehens. Dort standen nun einige Posten und hatten ihre Maschinenpistolen auf einige in einer Reihe liegende Gestalten gerichtet. Soweit Willi es überblickte, lagen diese zum Teil in sehr unnatürlicher Körperhaltung am Boden.

„Schnell zu den Waggons, schnell, schnell!" Die Rufe wurden jetzt lauter und eindringlicher. Willi setzte sich in Bewegung und erreichte nach kurzer Zeit seinen Waggon. Ein Kamerad, der diesen nicht verlassen hatte, fragte: „Was war da los; warum wurde geschossen?"

Eine Antwort konnte Willi ihm nicht geben und zuckte daher mit den Schultern. Einige Zeit später wurden die Türen des Waggons geschlossen und der Zug setzte sich in Bewegung. Auf seinem angestammten Platz in der Nähe des Ofens sitzend, konnte Willi im Halbdunkel des Waggons erkennen, dass einige Plätze nicht besetzt waren. So fehlten Heinz, Wilhelm und Karl. Zwei weitere Plätze waren ebenfalls leer, die Namen kannte er aber nicht. Besonders mit Karl hatte sich Willi in den vergangenen Tagen oft unterhalten. Dieser stammte aus einem kleinen

Dorf bei Magdeburg. Er hatte die Hölle bei Prochorowka als Richtschütze in einem Tiger-Tanzer überlebt, währenddessen die anderen Besatzungsmitglieder nach einem Volltreffer verbrannt waren. Aufgrund von Verbrennungen an den Beinen und Händen konnte er erst nach sechs Monaten wieder in einen Panzer steigen, dieses Mal als Kommandant. Bei einem der letzten Gegenstöße seiner Einheit in der Slowakei fuhr sein Panzer auf eine Mine und er musste ihn aufgeben. Die Kriegsgefangenschaft verbrachte er in einem Lager in der Nähe von Leningrad.

Heinz hatte als „Brandenburger" gedient, war also wie Willi Infanterist gewesen, war mehrfach verwundet worden und bei Brest in Kriegsgefangenschaft geraten.

Wilhelm, der Älteste, war hingegen seit 1939 dabei gewesen. Er hatte in einer bespannten Einheit gedient und jeden Vormarsch und Rückzug seiner Einheit mitgemacht. Im normalen Leben arbeitete er als Pferdeknecht auf einem Gutshof in Pommern. Da es seit 1943 fast keine Pferde mehr gegeben hatte, war er quasi zum Infanteristen in einer bespannten Einheit degradiert und im Jahr 1944 am Dukla-Pass in den Karpaten verwundet worden. Seitdem war er in verschiedenen Gefangenlagern gewesen und litt unter einer Versteifung des rechten Beines.

„Ich werde nie wieder reiten können!", teilte er regelmäßig jedem mit, zur Not auch auf Russisch.

Wo waren sie, fragte sich Willi. Was war geschehen?

*

Willi erwachte durch den Signalton der Lokomotive und das abrupte Bremsen des Zuges. Kurze Zeit später öffnete sich die Waggontür. Zwei Wachsoldaten mit erhobenen Maschinenpistolen befahlen: „Alles aussteigen! Persönliche Dinge mitnehmen! Der Zug endet hier!"

Willi war verdutzt. Hatten sie die polnisch-deutsche Grenze bereits erreicht? Hatte er so lange geschlafen? Er raffte seine Habseligkeiten zusammen, erhob sich, ging zur Waggontür und blickte nach draußen. Es war ein sonniger, aber kalter Tag. Nach

96

seiner Rechnung müsste es der 21. Dezember sein. Der Zug hatte auf einem Bahnhof Halt gemacht und stand auf einem Abstellgleis. Am Bahnhofsgebäude, das immer noch stark zerstört war, stand der Name „Warszawa" geschrieben.

Sie befanden sich also in Warschau. Das letzte Mal war Willi im Jahr 1942 in der Stadt gewesen – immerhin vor 7 Jahren. Damals war es in den Kaukasus gegangen und nun zurück in die Heimat. Willi sprang, geblendet von der Sonne, vom Waggon in den Schnee, seinen Holzkoffer fest umklammert. Fast wäre er gestürzt. Ein hilfreicher Arm packte ihn und zog ihn zur Seite.

„Willi, du musst mitkommen!", sagte Georgii, der georgische Sicherungssoldat, zu ihm. Willi setzte sich in Bewegung und Georgii lief seitlich von ihm, die Maschinenpistole über die Schulter geschwungen. Nach kurzer Zeit erreichten sie die Spitze des Zuges und Willi stieg in den Personenwaggon. Es handelte sich um einen Erste-Klasse-Reisezugwagen der Deutschen Reichsbahn, jetzt im Besitz der Sowjetunion. Willi hatte im Lager von Reparationen und Demontagen in seiner Heimat zur Wiedergutmachung gehört und fand den Gedanken ziemlich amüsant, dass auf den Schienen des „Tausendjährigen Reiches" jetzt deutsche Züge in Diensten der Sowjetunion fuhren. Das hatte sich Hitler sicher anders vorgestellt.

Vor dem ersten Abteil stand ein weiter Posten, der Willi bedeutete, in das Abteil einzutreten. Er trat ein und war erstaunt. Das Abteil glich einem Arbeitszimmer. Anstatt der beiden Sitzreihen stand am Fenster ein schmuckloser Schreibtisch, auf dem sich die Papiere scheinbar unordentlich stapelten. An der linken Wand standen Holzkisten und an der rechten Wand ein Feldbett. Am Schreibtisch saßen zwei Personen, Offiziere des NKWD, wie Willi erkannte. Entsprechend seiner Erfahrungen salutierte er trotz seiner zivilen Kleidung. Der ältere Offizier erhob sich, taxierte Willi und antwortete: „Stehen Sie bequem, Willi Arthurowitsch! Wir haben Sie zwecks Klärung eines Sachverhaltes zu uns gebeten." Er legte eine kurze Pause ein. „Die Posten haben Sie während unseres letzten Halts in Brest am

Versorgungstand mit einem ihrer Kameraden gesehen. Erzählen Sie uns von ihm!"

Die ihm bekannten Einzelheiten schilderte Willi wahrheitsgetreu. Der sitzende Offizier notierte, währenddessen der andere Willi bei seinen Ausführungen permanent musterte.

„Sie wissen, was passiert, wenn wir feststellen, dass irgendetwas an Ihren Aussagen falsch ist? Dann verbringen Sie den Rest Ihres Lebens jenseits des Polarkreises im Arbeitslager!", bemerkte er danach beiläufig. „Kommen Sie zum Tisch!"

Mit drei kurzen Schritten bewegte sich Willi, immer noch den Holzkoffer tragend, zum Schreibtisch.

„Kommen Ihnen diese Männer bekannt vor?", fragte der sitzende Offizier und legte Willi vier Fotografien vor. Auf dem ersten Bild war eine Gruppe von Soldaten zu sehen mit Totenkopfkragenspiegeln. Auf dem zweiten Bild sah er Heinz, Wilhelm und Karl nebeneinanderliegen. Ihre Blicke waren leer und bei Wilhelm fehlte ein Teil des hinteren Schädels. Auf den beiden letzten Bildern konnte er Personen erkennen, die mit Waffen in der Hand über Leichen posierten. Er tippte auf das Foto mit seinen drei Kameraden.

„Die drei kenne ich aus dem Zug, aber das wissen Sie wahrscheinlich schon. Der Rest ist mir unbekannt." Für eine kurze Weile herrschte Stille im Abteil. Dann begann der ältere Offizier zu sprechen: „Wir suchen unter den Heimkehrern immer noch Kriegsverbrecher. Der Mann, mit dem Sie so beiläufig gesprochen haben, war kein Teilnehmer dieses Transportes. Er hatte versucht sich einzuschleichen. Den Posten fiel er mit seiner deutlich besseren Kleidung und seiner herablassenden Art gegenüber den Heimkehrern auf. Er widersetzte sich der Festnahme und schoss. Leider schossen die Posten besser und es starben viele Unbeteiligte, so auch die Großmutter an ihrem Stand."

Ist denn der Krieg nie zu Ende, dachte Willi und betrachtete nochmals das Foto mit seinen Kameraden. Diese hatten wie er in diesem beschissenen Krieg gekämpft, gelitten und ausgeharrt. Und nun wurden sie nach der langen Zeit auf dem Heimweg erschossen. Was ergab das für eine Sinn?

„Sie können gehen. Alles Gute, Willi Arthurowitsch. Georgii wird sie zum nächsten Zug begleiten. Beeilen Sie sich, der fährt Sie nach Hause", unterbrach der ältere Offizier Willis Gedankengang. Wie in Trance verließ er den Waggon. Georgii erwartete ihn schon und brachte ihn wortlos zum Bahnhof. Dort stand zur Abfahrt ein Zug mit richtigen Waggons bereit. Der Schaffner rief bereits zum letzten Einstieg auf, obwohl Willi ihn nicht verstand. Er stieg ein und blickte auf Georgii.

„Willi, besuch mich im Kaukasus. Der Ort liegt westlich von Wladikawkas und heißt Gisel. Bis dahin seid ihr in '42 gekommen. Wir trinken Tee und Wodka und werden auf deine Kameraden anstoßen!"

Der Zug setzte sich in Bewegung und Willi war viel zu gerührt, um zu antworten. *Zurück in den Kaukasus?*

*

Wieder einmal setzte sich ein Zug in Bewegung. Es war der 31. Dezember des Jahres 1949, ein Tag später, als Willi gehofft hatte. Normalerweise wäre er mit dem Zug über Fürstenberg und Guben nach Cottbus gefahren – ein mehrere Stunden dauernder Umweg. Die direkte Strecke über Müllrose, Grunow und Peitz wurde nur unregelmäßig von der Deutschen Reichsbahn der DDR bedient und dauerte zu lange. Zumindest hatte man dies Willi so mitgeteilt. Außerdem konnte es passieren, dass auf dieser eingleisigen Strecke der Zug mit Defekten liegenbleiben würde. Doch Willi hatte sich anders entschieden. Immer wieder hatte er an die Vereinbarung mit Fritz gedacht, die sie in Groß Born getroffen hatten. Schon sehr früh am Morgen hatte er sich mit seinem Entlassungsschein, der auch als Fahrschein galt, aus dem Lager verabschiedet. Seinen Holzkoffer hatte er noch am Abend gegen einen Rucksack aus Wehrmachtsbeständen eingetauscht. Mit dem Frühstück hatte er Marschverpflegung in Dosenform für zwei Tage erhalten. Diese und seine Habseligkeiten, immerhin um ein Essgeschirr und Wechselkleidung angewachsen, trug er nun auf seiner rechten Schulter. Irgendwie hatte er heute Glück gehabt. Anstatt die gute Stunde durch Frankfurt zum Bahnhof laufen zu müssen, waren er und einige andere Heimkehrer auf der Pritsche eines LKW mitgenommen worden. In der Nähe vom Bahnhof hatte der Fahrer sie absteigen und restlichen Weg zum Bahnhofsgebäude zu Fuß zurücklegen lassen.

„Lasst uns als Erstes den Fahrplan anschauen", sagte einer aus der Gruppe. Beim Betrachten des Aushangs stellte Willi fest, dass es einen geregelten Fahrplan gab. Die meisten Züge fuhren nach oder kamen aus Berlin. Es gab Verbindungen nach Cottbus, Guben und Eberswalde und, wie er an der Sprache erkennen konnte, nach Polen. In gut einer Stunde fuhr, wie er sah, ein Zug in seine Heimat. Diesen wollte er jedoch nicht nehmen und stellte fest, dass ungefähr zur gleichen Zeit ein Zug in Richtung Berlin abging. Um sich abzusichern, ob der Entlassungsschein wirklich auf allen Strecken der Reichsbahn galt, stellte sich Willi am einzigen und gut besuchten Schalter an. Als er an der Reihe war, fragte ihn die hinter der Scheibe sitzende Mitarbeiterin der Bahn mit mitleidigem Blick: „Wohin wollen Sie?"

Sehe ich so traurig aus, fragte sich Willi? „Ich möchte nach Potsdam und wollte fragen, ob der Zug durchfährt und mein Heimkehrerausweis auch für diese Fahrt gilt, obwohl ich nach Süden müsste?"

Die Dame überlegte kurz und antwortete: „Einen kleinen Moment bitte." Sie drehte sich nach hinten und, wie Willi sah, sprach sie dabei mit einem älteren Herrn an einem Schreibtisch im hinteren Teil des Schalterraumes. Dieser erhob sich sofort und verließ den Raum, nur um Sekunden später in der Halle mit einem uniformierten Polizisten aufzutauchen. Das Duo steuerte zielgerichtet auf Willi zu.

„Sie wollen nach Potsdam mit Ihrem Heimkehrerausweis? Bitte folgen Sie uns!" In der Halle war es sehr still geworden.

Willi folgte den beiden Herren zu einer Tür mit der Aufschrift „Deutsche Volkspolizei". Hinter dieser verbarg sich ein schmuckloser Raum mit einem Tresen, an dem ein Polizist saß und ihn ausdruckslos musterte.

„Bürger, gehen Sie nach rechts in den Raum, nehmen Sie Platz und halten Sie Ihre Unterlagen bereit!"

Willi tat, wie ihm geheißen, und nahm in dem Raum auf einem Stuhl Platz. Hinter einem großen, den Raum teilenden Tisch befand sich ein weiterer Stuhl. Die Tür schloss sich von außen. Wieder einmal war er ein Gefangener, nur dieses Mal in der Heimat. Würde das nie aufhören? Seine Gedanken wurden durch das Öffnen der Tür unterbrochen. Eine Person in ziviler Kleidung trat ein, ging um den Tisch, setzte sich und legte eine Mappe vor sich ab.

„Guten Morgen erst ein Mal! Sie wollen also nach Potsdam?" Und ohne die Antwort abzuwarten, setzte er fort: „Mein Name ist Fischer. Ich bin Leutnant der Abteilung K5 der Volkspolizei der DDR und habe Fragen an Sie." Er blickte Willi an, der seinerseits dem Blick standhielt.

„Soweit ich mir meiner Rechte bewusst bin, halten Sie mich auf der Heimreise widerrechtlich fest", stellte er klar. „Im Lager hat man uns diesbezüglich geschult, insbesondere wenn wir uns bei der Heimkehr für die DDR und nicht den Westen entscheiden."

Willi hatte das Gespräch im Herbst mit dem Lagerkommandanten nicht vergessen: „Willi Arthurowitsch, wenn du nach Hause möchtest, musst du sagen, dass du in den Ostteil Deutschlands willst. Bei der Entlassungskommission kommt das sehr gut an. Da du eh dort wohnst, sollte das kein Problem sein. Wobei ich immer noch nicht verstehe, warum du gehen willst?" Diese Erinnerung zauberte ein flüchtiges Lächeln in Willis Gesicht.

„Warum grinsen Sie, Genosse?", fragte der Leutnant. „Geben Sie mir Ihren Entlassungsausweis und beantworten Sie meine Fragen!"

Das Prozedere dauerte eine gute halbe Stunde. Willi musste Auskunft über seine Militärzeit, die Gefangenschaft, seine Heimreise und die Zukunft erteilen. Dies alles notierte der Leutnant penibel auf mehreren Seiten, die er der Mappe entnommen hatte. Am Ende zeigte er Willi einige Personen und fragte ihn, ob er diese schon einmal gesehen habe. Als Willi verneinte, bemerkte der Leutnant: „Sie fragen sich sicherlich, was das alles soll? Nun – es ist schon seltsam, dass ein Heimkehrer nachfragt, wofür sein Ausweis gilt. Normalerweise macht das keiner. Sie fahren einfach! Daran haben wir uns gewöhnt. Wenn aber jemand so sicherheitsbedingt unterwegs ist, macht uns das neugierig. Was wollen Sie in Potsdam? Kurz davor nach West-Berlin abbiegen? Sind Sie auf dem Weg in den Westen?"

Willi antwortete nicht sofort. Ihm kamen wieder die Worte des Lagerkommandanten in den Sinn: „Falls dich jemand etwas fragt, Willi Arthurowitsch, und Hilfe nicht in Sicht ist, denk an den Hauptmann vom NKWD und sein Auftreten!"

Daraufhin fragte Willi höflich: „Hätten Sie bitte ein Blatt Papier und einen Stift für mich, Herr Leutnant?"

Der K5-Leutnant stutzte. Nach kurzem Nachdenken öffnete er die Mappe, reichte Willi ein Blatt und einen Bleistift und fragte: „Wofür brauchen Sie das?"

Willi antwortete: „Zuerst hätte ich gern Ihren vollständigen Namen, die Personenkennziffer und den Namen Ihres Vorgesetzten. Dann möchte ich mit dem Standortoffizier vom NKWD des Lagers in Gronenfelde sprechen. Wie Sie dies bewerkstelligen, ist mir egal!"

Sichtlich beeindruckt konterte der Leutnant: „Egal, wo Sie ab sofort hingehen, Genosse Lehmann, diese Akte wird Sie von jetzt an begleiten. Ich notiere nur noch Ihre letzte Bemerkung! Der Zug nach Potsdam über Berlin geht in gut zehn Minuten. Auf – so hoffe ich – kein Wiedersehen!"

Damit war Willi entlassen. Warum er überhaupt festgehalten worden war, erschloss sich ihm nicht. Er verließ den Raum und begab sich auf den Bahnsteig, wo der Zug nach Berlin bereits bereitstand. Nach dem Einstieg fand er einen freien Platz und schlief schon bald nach der Abfahrt durch das eintönige Rattern ein. Ein kurzes Ruckeln an der Schulter ließ ihn erwachen.

„Wir sind im Bahnhof ‚Ostbahnhof' in Berlin. Sie müssen aussteigen. Der Zug fährt zurück nach Frankfurt", hörte er im Unterbewusstsein. „Wenn Sie weiterwollen, in den Westteil der Stadt oder noch weiter in den Westen, müssen Sie in die S-Bahn umsteigen."

Willi blickte auf und sah den Schaffner. Das Abteil war bis auf ihn leer. Willi erhob sich, nahm seinen Rucksack, stieg auf den Bahnsteig und suchte einen Fahrplan. Am gegenüberliegenden Gleis fuhr eine S-Bahn ein. Auf dem Triebkopf stand „Potsdam" geschrieben. Genau die Bahn, mit der Willi fahren wollte. Er stieg ein und erreichte nach gut einer Stunde und mehreren Haltestellen den Potsdamer Hauptbahnhof. Hier, wie auch auf der gesamten Fahrt, waren die Zerstörungen des Krieges noch allgegenwärtig. Zwar lagen keine Schuttberge mehr in den Straßen, aber die Ruinen sprachen für sich.

Trotz der frühen Nachmittagszeit waren die Straßen belebt. Willi verspürte das erste Mal seit seiner Abreise aus Frankfurt Hunger, hatte aber keine Lust auf seine Notration. Stattdessen kaufte er sich von dem wenigen Geld, das er mit seinem Heimkehrerausweis erhalten hatte, auf dem Bahnhof eine Wurst und trank ein Bier dazu – das erste richtige Bier seit 1944. Er informierte sich über einen spätnachmittäglichen Zug in Richtung Cottbus und begab sich dann auf den Weg, den er nicht kannte.

Yorkstraße … wo ist das? Treffe ich dort Fritz an?

Irgendwie fragte sich Willi bis zur Yorckstraße durch – oder dem, was davon noch übriggeblieben war. Ein Passant, den er anhielt, erklärte ihm, dass in der Nacht vom 14. auf den 15. April 1945 die Stadt schwer bombardiert worden sei und große Teile der Yorckstraße dabei zerstört worden seien. Besonders die Bausubstanz jener Häuser mit kleiner Hausnummer hatte nahezu vollständig aufgehört zu existieren. Willi fragte nach Fritz und der Nummer 12 und erntete nur ein mitleidiges Kopfschütteln. Doch so schnell gab er nicht auf. Er folgte der Straße und fragte weiter nach Fritz und dessen Familie. Doch überall traf er nur erstaunte Gesichter.

Die Hoffnung schon aufgebend und wieder in Richtung Bahnhof laufend, rief ihm ein älterer Mann zu: „Ich kenne die Familie. Sie wohnte im Nebenhaus und wurde wie ich 1945 ausgebombt. Sie kamen bei Verwandten in der Nähe unter. Die Frau ist jeden Tag zur gleichen Zeit zur Ruine gekommen, als würde sie auf jemanden warten. Irgendwann kam sie nicht mehr, wohl, weil sie die Information erhalten hatte, dass ihr Sohn gefallen war."

Willi erstarrte. Was hatte er da gerade gehört. Fritz war tot?

„Sie hat dann irgendwelche Informationen mit Kohle auf die Ruinen geschrieben, aber das hat der Regen irgendwann abgewaschen", fuhr der Mann fort. In Willi rumorte es. Was hatte er nach all den Jahren denn erwartet? Hätte Fritz den Krieg überlebt, wäre er zu ihm nach Hause gefahren und seine Mutter hätte es ihm geschrieben.

„Irgendwie war das Ganze komisch. Ihr Sohn wollte wohl Jagdflieger werden wie der Vater. Es muss so '44 gewesen sein, als mir ein anderer Nachbar erzählte, dass irgendwelche Beziehungen dies wohl ermöglicht hätten. Während eines Fronturlaubes sei Fritz, so hieß er wohl, zur Flugschule abkommandiert worden." Der Nachbar machte eine kurze Pause. „So, mehr weiß ich auch nicht. Und wer sind Sie, wenn man fragen darf? Sie sehen aus wie ein Heimkehrer."

Willi antwortete nicht. Er war in seinen Gedanken versunken. Der Nachbar hatte eine Antwort wohl auch nicht erwartet und trotte langsam davon. Wie lange Willi vor dem zerstörten Haus zugebracht hatte, wusste er letztlich nicht. Da es bereits zu dämmern begann, musste er zusehen, dass er schnell zum Bahnhof zurückkehrte, um nach Berlin und von dort nach Hause zu kommen. Fast schon in Trance erreichte er den S-Bahnsteig und fuhr in einer überfüllten Bahn durch das langsam dunkler werdende Berlin zum Ostbahnhof. Und hier hatte er, anders als einige Stunden zuvor, Glück. Ein letzter Zug fuhr über Königs-Wusterhausen, den Spreewald und die Lausitz nach Dresden. Wie er an den vielen Haltestellen erkannte, handelte es sich nicht nur um einen Bummelzug, sondern wahrscheinlich auch um einen Feierabendzug für Arbeitspendler. Schon als der Zug einfuhr, war er gleich proppenvoll. Dicht drängten sich die Mitreisenden. Willi, der als einer der Ersten eingestiegen war, hatte einen Fensterplatz ergattert.

„Mal sehen, ob wir heute pünktlich starten und ankommen", sagte sein Gegenüber. Darauf antwortete Willi nicht. Zu sehr war er in seine Gedanken vertieft. Bilder der Vergangenheit wechselten sich ab mit den Ereignissen der letzten Tage. Da tauchte der Trebbiner Trupp wieder auf. Die schweren Gefechte im Kaukasus und am Kuban. Dann das Ende in

Rumänien und die Gefangenschaft. Bilder von Kameraden und immer wieder Fritz.

Mann, was hatten wir durchgemacht … und überlebt, dachte Willi. Er blickte aus dem Fenster und stellte fest, dass die Scheiben im ganzen Waggon beschlagen waren. Mit der Hand versuchte er eine Stelle frei zu wischen, doch sie beschlug sofort wieder.

„Es sind zu viele Menschen im Zug. Wir erreichen in ein paar Minuten KW. Willst du da aussteigen, Soldat?“

Willi blickte den Fragensteller an und erkannte, dass es wieder sein Gegenüber war, der wahrscheinlich Kontakt suchte.

„Nein, ich will noch viel weiter“, hörte er sich sagen und blickte wieder nach draußen. Damit hatte auch der ungebetene Fragensteller erkannt, dass Willi lieber für sich bleiben wollte.

Die Minuten verrannen, und aus Minuten wurden Stunden. Gelegentlich erhellte sich beim Passieren einer Haltestelle oder eines Bahnhofs das Waggonäußere. Schon vor einer guten halben Stunde hatte der Zug Lübbenau im Spreewald hinter sich gelassen und war kaum noch mit Reisenden besetzt. Schon hinter Königs-Wusterhausen hatte sich der Waggon geleert und auch Willis Gegenüber war verschwunden. Nächster Halt, so hatte es der Schaffner nach dem Wiederanfahren gesagt, sei Cottbus. Leider hatte er auch mitgeteilt, dass der Zug außerplanmäßig dort enden würde. Alternativen gab es wohl nicht, da so spät abends weder Züge noch Busse verkehrten. Willi ließ sich die Uhrzeit geben und stellte fest, dass der Zug von Berlin bis kurz vor Cottbus gut drei Stunden gebraucht hatte. Aber noch hatten sie die Stadt ja nicht erreicht.

Als wenn er es geahnt hätte, verlangsamte der Zug seine Fahrt, verließ das Hauptgleis und kam zum Stehen. Willi erkannte, dass er sich an einer Haltestelle befand. Auf dem Schild sah er den Namen „Kunersdorf“. Das lag bei Kolkwitz kurz vor Cottbus. Aber warum hielten sie hier? In diesem Moment fuhr ein entgegenkommender Zug an ihnen vorbei. Willi sah unter Planen abgestellte T-34-Panzer und etliches weiteres Gerät.

„Das passiert hier öfters. Die scheiß Russen haben immer Vorfahrt. Schon wieder Verspätung“, hörte er einen Reisenden murmeln. Da war der Zug auch schon vorbei und mit einem kleinen Pfiff setzten sie sich wieder in Bewegung.

Gut eine halbe Stunde später erreichten sie verspätet Cottbus. Im Schein der spärlich leuchtenden Lampen am Bahnsteig erblickte Willi einen noch immer zerstörten Bahnhof und provisorische Ersatzbauten. Er verließ den Zug. Insgeheim hatte er gehofft, vielleicht doch noch einen Zug in Richtung Süden zu erwischen. Er suchte und fand einen Aushang mit dem Fahrplan und sah, dass es ab dem morgigen 1. Januar 1950 hinein zu Einschränkungen kommen sollte. Die ersten beiden Züge fielen aus, so dass er bis zum Mittag warten musste, um per Bahn seine lange Reise abzuschließen. Aber möglicherweise gab es noch eine andere Möglichkeit. Am Bahnhof hatte sich vor dem Krieg ein zentraler Platz für Busse befunden. Vielleicht tat sich dort eine Mitfahrgelegenheit auf. Er wandte sich vom Fahrplan ab und bemerkte einen ausgehangenen Befehl der ortsansässigen Kommandantur der Roten Armee, wonach sich alle Kriegsheimkehrer bei dieser zu melden hätten. Dieser war auf das Jahr 1945 datiert. Willi schmunzelte, wusste er doch, dass seit dem Oktober dieser Teil Deutschlands ein eigenständiger Staat war.

Er wandte sich von den Aushängen ab, suchte und fand den Busplatz. Busse standen dort zwar nicht, aber er sah vereinzelt Menschen, die seiner Meinung nach auf etwas warteten. Er begann sich in Bewegung zu setzen, stoppte aber abrupt. Aus einer Seitentür des provisorischen Bahnhofs traten, in dicke Winterkleidung gehüllt, zwei Soldaten der Roten Armee, die sofort auf ihn zusteuerten. Als sie ihn erreicht hatten, befahl der Größere von beiden: „Ausweis, sofort!"

Willi reichte ihm seinen Heimkehrerausweis und betrachtete die beiden genauer. Der Größere schien Offizier zu sein, denn er trug ein Koppel samt Pistole um die Hüfte. Der Kleinere hingegen trug eine klassische Maschinenpistole über der Schulter, war also ein Mannschaftsdienstgrad. Weiterhin erkannte Willi unter dessen Jacke – die oberen Knöpfe waren geöffnet – ein quergestreiftes Matrosenhemd.

„Wir haben auf Sie gewartet, Willi Arthurowitsch. Eigentlich schon seit dem Mittag", sagte der Offizier und gab Willi den

Ausweis zurück. „Wir hatten auch schon einen Transport zu Ihnen nach Hause organisiert, aber sie mussten ja den Umweg über Potsdam nehmen.“

Willi war völlig perplex ob des Gehörten. Er wurde also überwacht, oder war das Zufall?

„Kommen Sie bitte mit ins Wachlokal. Dort gibt es etwas zu essen und es ist deutlich wärmer als hier draußen.“

Die kleine Gruppe setzte sich in Bewegung und kurze Zeit später erreichte sie das Wachlokal. Im Innern stand ein großer Tisch, an dem zwei weitere Soldaten saßen. Auf dem Tisch befanden sich Reste eines Abendessens und eine halbvolle Flasche Wodka. Im Hintergrund grummelte auf einem kleinen Schrank ein Samowar. Der kleinere Soldat schob Willi in den Raum.

„Legen Sie ab und setzen Sie sich. Bis morgen früh bleiben Sie hier. Haben Sie gegessen?“

Willi wusste nicht, wie ihm geschah. Er legte Rucksack und Mantel ab und setzte sich zu den beiden Soldaten. Er blickte zu ihnen und erkannte, dass sie einfache Mannschaftssoldaten waren. Vor ihnen lagen zugedeckte Karten und standen leere Schnapsgläser. Dasselbe bei zwei weiteren Plätzen, die jetzt von dem Offizier und dem Soldaten mit dem Matrosenhemd belegt wurden.

„Falls Sie Hunger haben, bedienen Sie sich, und gegen den Durst gibt es heißen Tee oder Wodka.“

Willi sah, dass die vier ihr Kartenspiel wieder aufnahmen und ihn scheinbar vergessen hatten. Er schaute sich um. An der Wand hinter ihm stand ein großer Aktenschrank und daneben ein einfacher Schreibtisch, auf dem eine kleine und unordentliche Menge an Papieren lag. Auf der gegenüberliegenden Seite befand sich eine weitere Tür. Am Kleiderständer, an dem jetzt auch sein Mantel hing, befanden sich die warmen Jacken der Soldaten und drei Maschinenpistolen. Im Raum war es gesellig warm, dank eines kleinen Ofens. Auf diesem lag ein Laib Brot, der mit dem danebenliegenden Messer schon halbiert war. In fettigem Einpackpapier befanden sich Speck und eine dunkle Wurst. Willi bemerkte nicht, dass er von dem Offizier beobachtet wurde. Kein Wunder, spendete die Deckenleuchte doch nur wenig Licht.

„Sie können ruhig zugreifen. Essen und trinken Sie und dann reden wir", sagte der Offizier. Willi stand auf, nahm sich einen Becher und füllte sich am Samowar Tee ab. Dann setzte er sich schweigend an den Tisch. Das Kartenspiel hatte sein Ende erreicht und wie er sah, hatte der Matrose offenbar gewonnen, denn die anderen drei zahlten ihm einige Münzen. Dabei grinste er und entblößte eine Lücke zwischen beiden Schneidezähnen.

Er wandte sich an Willi: „Mein Name ist Igor Wassilowitsch. Der Offizier heißt Wassili Ermanowitsch und die beiden anderen sind Vitali Fedorowitsch und Genadi Alexejowitsch. Ich bin der Älteste hier und stehe kurz vor der Entlassung. Unsere Aufgabe ist es, hier am Bahnhof jeden ankommenden Heimkehrer kurz zu begrüßen und ihn dann weiterzuschicken. Eigentlich hatten wir die Hoffnung schon aufgegeben, dich heute noch zu sehen."

Willi verstand noch immer nicht. Was wollten sie von ihm? War er nicht schon genug überwacht oder aufgehalten worden? So langsam wirkte das auf ihn wie Schikane. Vielleicht wäre es doch besser gewesen, in den Westen zu gehen?

Als ob er seine Gedanken lesen konnte, wandte sich Igor wieder an Willi: „Da heute Abend kein Transport mehr in Richtung deines Heimatortes geht und der erste Schichtbus zum neuen Tagebau in Gräfenhain erst um 04.30 Uhr fährt, bleibst du hier bei uns. Du bekommst ein Bett zum Schlafen und dann kannst du morgen früh weiterreisen. – Außerdem ist heute Jahreswechsel. Ich denke nicht, dass du diesen allein verbringen möchtest?"

Daran hatte Willi gar nicht mehr gedacht. Statt irgendwo die Nacht zu verbringen, hatte er es eigentlich gut getroffen. Die Russen waren freundlich und er hatte ein Dach über dem Kopf. Jahreswechsel – was war das schon? Jene der Winter 42/43 und 43/44 hatte er bei strengem Frost in einem Erdbunker mit provisorischem Weihnachtsbaum unter Beschuss verbracht. Die in Gefangenschaft hatte er wie den Heiligen Abend versucht zu meiden. Zu viele Erinnerungen an zu Hause. Nun der Jahreswechsel 49/50 – so kurz vor dem Ziel mit dem ehemaligen

Gegner. Schon seltsam, wie das Schicksal einem bisweilen mitspielt.

*

Willi hatte die Nacht kaum geschlafen. Die Zeit bis zum Jahreswechsel hatte er in dem kleinen Wachlokal verbracht und mit den Russen das eine oder andere Mal angestoßen. Sie hatten Geschichten ausgetauscht. Besonders mit Igor schien er auf einer Wellenlänge zu sein. Kurz nach Mitternacht verabschiedete er sich von der Runde und bezog eine kleine Kammer, die, so schien es, wohl eine Arrestzelle war. Aber sie war sauber und er konnte auf einem mit einer richtigen Matratze belegten Feldbett liegen. Da es aber nicht so richtig ruhig wurde und Willi viel zu aufgeregt war, fiel er eher in eine Art Dämmerschlaf.

Gegen 05.00 Uhr öffnete sich die Tür und Igor schaute herein.

„Willi, Willi. Du musst aufstehen", rief er mit leiser Stimme. Willi räusperte sich, stand auf und suchte seine Sachen zusammen. Er verließ das Zimmer und sah am Tisch im Wachlokal dieselbe Runde sitzen wie einige Stunden vorher.

„Setz dich und frühstücke mit uns", forderte Wassili ihn auf. Willi tat, wie ihm geheißen, und nahm am Tisch Platz. Er erhielt eine Tasse dampfenden Kaffee und konnte sich am Brot und der Wurst des Vortages bedienen.

„Der Plan des heutigen Tages wurde geändert. Du fährst mit uns und wir bringen dich bis nahe an dein Heimatdorf", fuhr Wassili fort. „Ich hatte vergessen, dass am heutigen Neujahrstag die Schichtbusse nicht regelmäßig und die Bahn fast gar nicht fährt. Wir aber fahren mit einem Versorgungstransport die kleinen Garnisonen südlich von hier ab und sind mittags auf dem Fliegerhorst in der Nähe deines Heimatortes. Abfahrt ist um sechs, also in einer guten halben Stunde."

Wassili endete und biss in seine Wurststulle, kaute kurz, schluckte runter und versah das Ganze mit einem guten Schluck Kaffee. Willi war perplex. Mittags zu Hause! Er stand kurz vor dem Ziel.

Eine gute halbe Stunde später setzte sich ein kleiner Konvoi, bestehend aus drei Fahrzeugen, in Bewegung – an der Spitze mit Igor als Fahrer, Wassili als Beifahrer und Willi als Sozius ein Jeep GAZ 67. Dahinter zwei mit je zwei Mann besetzte LKW des Typs ZIS-150 samt Plane. Diese standen bei Abfahrt schon bereit, so dass Willi nicht wusste, was sie transportierten. Eigentlich konnte ihm dies auch egal sein, Hauptsache sie fuhren.

Zuerst steuerten sie drei Standorte der Roten Armee in Cottbus an, was gut drei Stunden dauerte. Überall das gleiche Prozedere: Halten am Schlagbaum, Vorzeigen der Papiere und dann Auseinandersetzung um die Personalie „Willi". Für die Posten war es schon seltsam, dass in offizieller Mission ein ehemaliger Feind zugegen war. Aber Wassili konnte dies dank seines Offiziersrangs und mit einer kurzen Ansprache stets lösen. Überall wurde etwas aus den Lastwagen entnommen und etwas eingeladen. Beim zweiten Halt bemerkte Igor, der mit Willi im Jeep vor einem großen Saal auf die Weiterfahrt wartete, dass dieser nur zu gern gewusst hätte, was da so rege hin und her transportiert wurde.

„Willi, wenn du es nicht weitererzählst … es sind Kisten mit Konserven. Wassili macht immer einen auf wichtig. Du weißt sicherlich, dass Offiziere frisch von der Schule immer ganz wichtig sind und dies bei jeder Gelegenheit auch zeigen."

Willi musste grinsen. Als sich Wassili dem Jeep näherte und Willi ihn in seiner stolzen Haltung so sah, wurde aus dem Grinsen ein lautes Lachen, in das Igor mit einfiel. Beide konnten sich nur schwer bremsen, so dass Wassili Igor mit Degradierung drohte, falls dieser den Grund für das Gelächter nicht nennen würde. Doch Igor startete lieber den Jeep und mit der Zeit setzte wieder allgemeines Schweigen ein.

Sie verließen nach dem dritten Halt die Stadtgrenze in Richtung Südosten. Eine gute halbe Stunde fuhren sie auf der alten Reichstrasse 97. Straßenschäden bemerkte Willi, der im Fond echt beengt saß, sofort. Da er die Region aus der Luft und per Fahrrad sehr gut kannte, entging ihm nicht, dass der Konvoi kurz vor der nächsten größeren Stadt nach Westen abbog. Bei einsetzendem Schneeregen, einer gepflasterten Straße folgend, fuhren sie durch dichte Kiefernwälder. Je weiter sie vordrangen, umso aufgeregter wurde Willi. Hier kannte er fast jeden Stein.

Das nächste Dorf muss das Heimatdorf von Muttern sein, dachte er.

Nachdem sie es passiert hatten, erreichten sie eine Kreuzung. Eine einzelne Person, ganz in Leder und mit einem sehr komischen Helm mit Strich auf dem Kopf, hob einen Stab und kam auf sie zu. Wassili stieg aus dem Jeep, bedeutete Igor aber, den Motor laufen zu lassen. Willi sah, wie Wassili mit der Person diskutierte. Danach kehrte er zum Jeep zurück, sprach kurz mit Igor und begab sich zu den beiden LKW. Im Anschluss ging er nochmals zu der Person und gab ihr etwas.

Kurze Zeit später saß er wieder im Jeep und Igor fuhr diesen von der Straße hinunter an den Straßenrand. Die beiden LKW folgten. Bevor Wassili etwas sagen konnte, begann die Erde leicht zu beben. Die einzelne Person verließ die Straßenkreuzung und dem Beben folgte das Dröhnen vieler Motoren. Willi hörte bei 15 auf zu zählen. Vor ihnen fuhr eine Kolone Panzer vom Typ-34. Er dachte zurück und stellte fest, dass er mit diesen keine guten Erfahrungen gemacht hatte.

„Wären wir nach links abgebogen oder hätte der Regulierer gepennt, wären wir jetzt Matsch", bemerkte Wassili sehr laut.

Nachdem die Panzer die Kreuzung passiert hatten, folgten noch etliche Schützenpanzer und Lastwagen. Der letzte sammelte den Regulierer ein.

„Der war seit drei Tagen allein an dieser Kreuzung. Ich habe ihm etwas Verpflegung und Zigaretten gegeben. Er war völlig verhungert", fuhr Wassili nun etwas leiser fort. Er öffnete die Tür, erhob sich leicht und gab dann das vereinbarte Zeichen zum Aufbruch. Sie bogen wie geplant nach Süden ab und erreichten nach quälend langen Minuten den Abzweig zum Fliegerhorst. Willi war aufgefallen, dass ihnen seit dem Kontakt mit den Panzern der Roten Armee kein weiteres Fahrzeug entgegengekommen war. Er vermutete, dass aufgrund des Neujahrstages schlicht niemand zu so früher Stunde unterwegs sei.

Sie bogen von der Hauptstraße ab und erreichten das kleine Städtchen mit Bahnhof, von dem Willi das letzte Mal 1944 abgefahren war. Sie überquerten die Bahnstrecke und fuhren weiter in Richtung seines Heimatortes. Bald näherte sich das Ortseingangsschild. Von hier aus waren es nur wenige Minuten zu Fuß nach Hause. Der Konvoi folgte der Hauptstraße und erreichte schon bald der Abzweigung zum Fliegerhorst. Direkt vor der Schranke und dem dazugehörigen Posten hielten sie.

Igor bedeute Willi auszusteigen, was dieser umgehend tat. Wassili kam hinzu und streckte Willi die Hand zum Abschied hin, die dieser nahm. Nach dieser kurzen und doch sehr kühlen Verabschiedung drehte Wassili sich um und ging zu dem Posten.

Igor schob sich an Willi heran. „Mach es gut, Willi Arthurowitsch. Besuch mich mal auf der Krim. In einigen Tagen werde ich aus der Armee entlassen. Wo du wohnst, weiß ich ja. Bis bald!" Er umarmte Willi.

„Mach es besser, Igor Wassilowitsch. Ich werde sehen, was in der Zukunft passiert. Aber die Krim und der Kaukasus werden in meinen Plänen immer eine große Rolle spielen", antwortete Willi. Sie lösten sich. Willi warf sich seinen Rucksack über die Schulter und begab sich auf den kurzen Fußmarsch. Der Schneeregen hatte aufgehört und er kam zügig voran. Schon bald bog er in die Straße ein, von der es dann zu seinem Elternhaus ging. Nach wenigen Schritten erreichte er die Querstraße und sah sein Zuhause. Willi war angekommen.

Kurze Geschichte der 5. LwFD

Gebildet wurden die Luftwaffen-Felddivisionen (LwFD) im Oktober 1942 aus sogenannten „Alarmeinheiten" der Luftwaffe auf dem Truppenübungsplatz Groß Born (heute Borne Sulinowo in Polen). Der Ort liegt auf halber Strecke zwischen Stettin und Danzig in Hinterpommern. Ursächlich begründet im Aderlass der Wehrmacht in den Jahren 1941/42 in der Sowjetunion, wurden 21 Divisionen aus Luftwaffenangehörigen bis zum Ende des Krieges aufgestellt und zum größten Teil an der Ostfront eingesetzt. Die volle Stärke einer Infanteriedivision des Heeres erreichten diese Einheiten nie.[6] Zum Teil sehr schlecht ausgebildet, zumeist ohne schwere Waffen und von kampfunerfahrenen Offizieren geführt, hatten die Divisionen einen sehr hohen Blutzoll insbesondere in den ersten Monaten ihres Einsatzes zu zahlen. In den 21 aufgestellten und einer nicht mehr fertig aufgestellten LwFD dienten etwa 200.000 Mann. Der größte Teil dieser Verbände, so auch die 5. LwFD, wurde in der Regel als schnelle Reserve eingesetzt. Im Falle der 5. LwFD erfolgte dies nach kurzer Ausbildung im Raum der Heeresgruppe A im Kaukasus im Süden der Sowjetunion. Aufgeteilt zu zwei Einsatzgruppen, kämpfte sie bei der 1. Panzerarmee am Terek und bei der 17. Armee südlich von Krymskaja. Nie wirklich vereinigt, machten die beiden Einsatzgruppen den planmäßigen und durch die Einkesselung der 6. Armee in Stalingrad notwendigen Rückzug auf den Kuban-Brückenkopf mit. Durch hohe Verluste sehr stark geschwächt, wurden sie im Verlauf der Kämpfe um den Brückenkopf aus der Front herausgelöst und im Frühjahr 1943 zu Sicherungsaufgaben auf der Krim und dann in der Region Cherson eingesetzt.

Im Zuge einer Neuorganisation der Verbände der Wehrmacht im Osten im Verlauf des Jahres 1943 wurden die Luftwaffen-

---

[6] Die Dokumentenlage, dem Verfasser durch das Projekt CAMO vorliegend, weist im Herbst 1942 eine Stärke des 1. Bataillons von 1.144, des 2. Bataillons von 1.574, des 3. Bataillons von 595 und des 4. Bataillons von 571 Mann aus. Dazu kamen Begleiteinheiten, so dass die 5. LwFD nie mehr als 6.000 Mann zählte.

Felddivisionen in das Heer übernommen und umstrukturiert.
Aus der 5. LwFD wurde die 5. Felddivision (L). Sie bestand nur
noch aus dem Jägerregiment 9 mit zwei Bataillonen, zwei Batterien Artillerie und Begleiteinheiten, da das Jägerregiment 10
bei schweren Abwehrkämpfen um Melitopol im Sommer 1943
fast vollständig vernichtet worden war. Im Zuge der Absetzbe-
wegungen nach Westen im Verlauf des Jahres 1944 schmolz die
Division zu einer Kampfgruppe zusammen und wurde im Mai
aufgelöst. Die Reste wurden in die 76., 320. und 335. Infanteriedivision integriert. Im August, im Zuge der großen Sommer-
offensive der Roten Armee, wurden diese Einheiten vollständig
in der Südukraine und in Rumänien vernichtet.[7]

---

[7] Vgl. https://www.lexikon-der-wehrmacht.de/Gliederungen/LWFelddivisionen/5LFD.htm

Nachwort

Nachdem Willi 1950 in seine Heimat zurückgekehrt war, lagen gut zwei aktive Kriegsjahre und fünfeinhalb Jahre in Kriegsgefangenschaft hinter ihm. Schwer verwundet und mit der dauerhaften Krankheit Malaria ausgestattet, baute er sich wie viele andere heimgekehrte Soldaten eine Zukunft auf. Er gründete eine Familie und erarbeitete sich einen gewissen Wohlstand. Seine Heimat hatte er nie vergessen und nach dem Krieg nie länger als für drei Wochen verlassen. So etwas nennt man heute wohl „verwurzelt".

Sein Wissen über den Krieg gab er weiter, was ihn zu einem „seltenen Fall" macht. Viele gaben ihre Erfahrungen und Erlebnisse aus verschiedenen Gründen nicht preis. So ist durch die natürliche Mortalität viel Wissen verloren gegangen. Es wird immer schwieriger, Zeitzeugen zu aktivieren und die jetzige Generation damit zu konfrontieren. Von offizieller Seite hingegen wurde diesem Prozess bis zum Februar 2022 oft entgegengewirkt.

Seit geraumer Zeit können und dürfen deutsche Historiker an Akten der Wehrmacht, als Kriegsbeute deklariert, in den Archiven arbeiten. So existiert seit 2011 ein gemeinsames deutsch-russisches wissenschaftliches Projekt zur Digitalisierung der in Russland aufbewahrten deutschen Dokumente. Diese können eingesehen und zur Recherche verwendet werden. Das schreibt die Geschichte zwar nicht um, aber es werden anhand von Originaldokumenten bis hinunter zur Kompanieebene harte Fakten über den Krieg und seinen Verlauf sichtbar. So konnte ich den Weg von der Zusammenstellung der 5. Luftwaffen-Felddivision bis zu den Einsätzen gut recherchieren. Dies lieferte für meine Erzählung den korrekten historischen Hintergrund.

Die Idee zu dem vorliegenden Buch ist mir schon Mitte der 2000er Jahre gekommen, immer wieder angeregt durch Treffen mit meinem Großvater und seine Erzählungen. Als dieser nach 2013 verstarb, erhielt ich Teile seines Nachlasses – sehr persönlich und beim Lesen zuweilen auch beklemmend. Da hält man das ganze Leben eines Mannes in Händen und fühlt im Nachhinein die ganze Härte mit. Dies zeigt sich in extremer Form bei den Briefen und Karten aus der Kriegsgefangenschaft. Auf engstem Raum Informationen zu teilen und immer wieder zu bekunden, dass es einem gut gehe, ist schon beeindruckend.

Hier zeigt sich aber auch das, was vermutlich nur Menschen in gleicher oder ähnlicher Lage verstehen – Kameradschaft. Untereinander existierten immer auch Absprachen für den Fall der Fälle. So auch bei meinem Großvater. Er und ein bayrischer Kamerad hatten sich versprochen, die jeweils andere Familie über Leben, Gefangenschaft oder Tod zu informieren. In diesem Falle durfte der Bayer zuerst nach Hause und teilte Willis Familie mit, dass dieser lebe.

Diese Eindrücke verstärkten meinen Drang zu schreiben. Den letzten Anstoß brachte dann die Corona-Zeit. Teilweise zum Nichtstun verdammt, begann ich zu schreiben.

Vielen Dank hierbei an meine Frau, meinen Sohn und meine Schwiegermutter, die meine Launen ertrugen und manchmal wortwörtlich „mit den Augen rollten", wenn ich wieder anfing, über meinen Großvater zu referieren. Dank auch an meine Großmutter, meine Mutter und deren Brüder für umfangreiche Informationen über Willi; ferner gilt mein Dank HaJo für das immer wieder postulierte „Schreib es auf!". Natürlich klappt das Schreiben eines Buches nicht ohne Freunde und Bekannte. Dank an die Lektorinnen Karin und Jasmin. Letztere wird, so weiß ich, im System eine steile Karriere hinlegen. Nichts geht ohne Verlag. Also Jill, danke für eure Unterstützung. Zuerst war ich etwas vorbehaltlich ob des Kerngeschäftes, aber der Markt für derartige Literatur sagt etwas anderes – mach weiter so.

Damit enden für mich dreieinhalb Jahre Arbeit. Manchmal für Monate unterbrochen, manchmal aber auch sehr intensiv. Die Erlebnisse meines Großvaters nur aufzuschreiben, kam für mich nie in Frage. Interessant ist die Geschichte drumherum. Alle Personen außer die meines Großvaters sind frei erfunden. Die Orte basieren jedoch auf Fakten und sind jederzeit verifizierbar. Die tatsächliche Aktenlage ist im Falle der Luftwaffen-

Felddivisionen und ihrer Teileinheiten recht dürftig, was sich hoffentlich in absehbarer Zeit bessern wird.

Marcel Mallon

Willi in Trebbin im Jahr 1941

Willi auf Heimaturlaub im Jahr 1944

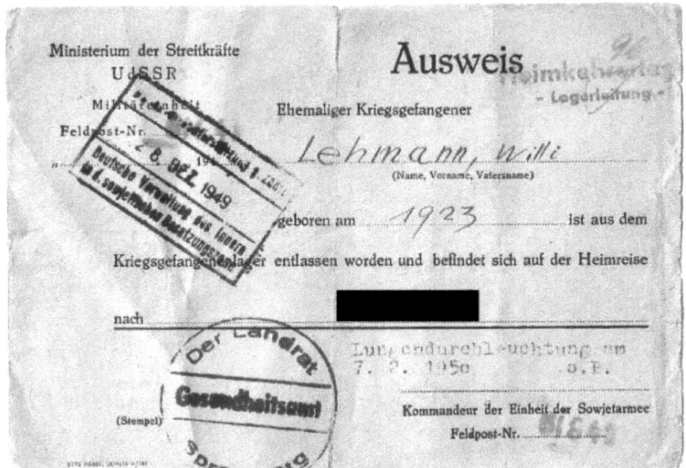

Willis Heimkehrerausweis

Wolga-lied

1.) Auf der Wolga breiten Fluten,
durch das enge Inseltor,
fährt in buntbemalten Booten,
Stenka Rasins Schar hervor.

2.) Auf dem Ersten mit der Fürstin,
eines schönen Perserin,
fährt nach festlich heiterem Male,
Stenka Rasin selbst dahin.

3.) Doch da geht ein leises Grollen
durch dem Don-Kosakenheer,
soll um eines Weibeswillen,
unsre Not vergessen sein.

4.) Stenka hört, ~~es, die~~ alte Recke,
~~und die alte Recke ist in Ihm~~
~~ist in Ihm von doch es weiß es weiß~~
und er wirft in kühnem Schwunge,
seine Fürstin über Bord

5.) Schleudert weil sie in die Flut
und die Wolga trägt sie fort.

6.) wie erste.

Der Zettel mit dem Wolgalied

Willi im Sommer 2007 an seinem 84. Geburtstag mit dem Autor

Register der Begriffe

Bataillon	Militärische Einheit; zumeist drei Bataillone, bilden ein Regiment, mehrere Regimenter eine Division
DFS 230	Lastenseglertyp der Luftwaffe
EK 2	Eisernes Kreuz Zweiter Klasse; Auszeichnung
FschJgBtl.	Fallschirmjägerbataillon
GröFaZ	Abkürzung für „Größter Feldherr aller Zeiten", wie Hitler spöttisch tituliert wurde
GAZ-67	(Russisch ГАЗ-67) Das GAZ-67 und die spätere, überarbeitete Variante GAZ-67B waren sowjetische Mehrzweckfahrzeuge mit Allradantrieb, die vom Gorkowski Awtomobilny Sawod (GAZ) ab 1943 gebaut wurden[8]
Leo	Leopard 1 A5, stetig weiterentwickelter Panzer der Bundeswehr; das „A" steht für Ausführung.
LKW	Lastkraftwagen
LwFd	Luftwaffen-Felddivision
Lastensegler	Fluggerät ohne Motorleistung; zumeist im Gleitflug und mit Hilfe eines Zugseiles oder anderen Flugzeuges gestartet
K5	Zweig der Kriminalpolizei der SBZ und später DDR. Neben der Ermittlungsarbeit zur

---

[8] Vgl. https://de.wikipedia.org/wiki/GAZ-67

Entnazifizierung führte die K5 auch nachrichtendienstliche Aufträge wie die „Überwachung von Funk- und Fernschreibgeräten" durch; ab Februar 1950 Ministerium für Staatssicherheit der DDR (MfS)[9].

KPz   Kampfpanzer

NKWD   In die Zuständigkeit des NKWD beziehungsweise MWD gehörten während und nach dem Zweiten Weltkrieg auch die Kriegsgefangenenlager. Dafür war im NKWD die Hauptverwaltung für Angelegenheiten der Kriegsgefangenen und Internierten (kurz GUPWI) eingerichtet. Die Innenbehörde bestimmte über Standorte und Einrichtung der Lager, über Behandlung und Einsatz der Kriegsgefangenen und entschied auch über deren Repatriierung[10].

Marineprahm   Landungsboot der Marine

Mi-8   Der Mil Mi-8 (Russisch Миль Ми-8, NATO-Codename „Hip") ist ein in der Sowjetunion von Mil entwickelter und gefertigter Mehrzweck- und Transporthubschrauber mit zwei Turbinentriebwerken und großen Heckladetoren[11].

MG   Maschinengewehr; im Buch ist in der Regel das MG 42 gemeint, auch „Hitlersäge" genannt aufgrund der sehr hohen Schussfrequenz und Treffgenauigkeit.

---

[9] Vgl. https://de.wikipedia.org/wiki/Hauptverwaltung_zum_Schutze_ der_Volkswirtschaft
[10] Vgl. https://de.wikipedia.org/wiki/Innenministerium_der_UdSSR
[11] Vgl. https://de.wikipedia.org/wiki/Mil_Mi-8

MP	Maschinenpistole

Pak   Panzerabwehrkanone zur Bekämpfung von Panzern

PzBtl.   Panzerbataillon

Sani   Umgangssprachlich für Sanitäter

Sturmgeschütz   Das Sturmgeschütz, im Buch das Sturmgeschütz III, war ursprünglich zur Infanterieunterstützung im Zweiten Weltkrieg entwickelt worden, wurde aber immer mehr als Panzerabwehrfahrzeug eingesetzt. Es verfügt über eine sehr niedrige Silhouette, was es dem Gegner erschwerte, ein gut getarntes StuG III zu entdecken beziehungsweise es im Gefecht zu treffen[12].

T-34   Der T-34 zählt zu den wohl bekanntesten sowjetischen Panzern des Zweiten Weltkriegs. Hauptsächlich kam er in der Zeit von 1941 bis 1945 zum Einsatz. Ab Ende des Jahres 1943 wurde der T-34 mit einer 85-Millimeter-Kanone ausgestattet, aus Platzgründen musste dafür auch ein größerer Turm produziert werden. Diese Variante wird T34/85[13] genannt.

TdoK   Tag der offenen Kaserne

UdSSR   Union der Sozialistischen Sowjetrepubliken; umgangssprachlich SU

Werfer 42   Sechsläufiger Werfer (zwei mal drei Granaten übereinander) für das Verschießen von 30-

---

[12] Vgl. https://amewi.shop/Sturmgeschuetz-III-116-Standard-Line-IR-BB
[13] Vgl. https://www.panzer-modell.de/referenz/in_detail/t34-85/t34.htm

Zentimeter-Wurfkörpern. Diese wurden im Abstand von jeweils zwei Sekunden verschossen.

ZIS-150   (Russisch ЗИС-150) Fahrzeug des sowjetischen Herstellers Sawod imeni Stalina (Завод имени Сталина), das von 1947 bis 1957 gebaut wurde. Es geht auf den vor dem Zweiten Weltkrieg entwickelten ZIS-15 (ЗИС-15) zurück. In verschiedenen Quellen wird der ZIS-150 auch mit der deutschen Transkription SIS-150 geführt; im letzten Produktionsjahr wurde das Fahrzeug im Zuge der Entstalinisierung bereits als ZIL-150 bezeichnet[14].

Zweibein   Dient zur vorderen und mittleren Unterstützung des MG und kann am Gehäuse zusammengeklappt werden.

---

[14] Vgl. https://de.wikipedia.org/wiki/ZIS-150

Entdecken Sie eine berührende Geschichte nach wahren Begebenheiten …

Schatten und Licht

Julia Nowaks Roman erzählt mitreißend und einfühlsam von einer starken Liebe in den Wirren des dunkelsten Kapitels deutscher Geschichte.

Begleiten Sie den jungen Hans auf seinem von Schicksalsschlägen geprägten Weg. Nach wahren Begebenheiten …

Schon gelesen? Seefahrer-Abenteuer von EK-2 Publishing …

Jetzt gratis Roman-Reihe sichern!

Tragen Sie sich in den Newsletter von *EK-2 Militär* ein, um über aktuelle Angebote und Neuerscheinungen informiert zu werden und an exklusiven Leser-Aktionen teilzunehmen.

Als besonderes Dankeschön erhalten Sie **kostenlos** das E-Book »Die Weltenkrieg Saga« von Tom Zola.

Deutsche Panzertechnik trifft außerirdischen Zorn in diesem fesselnden Action-Spektakel!

Ihre Zufriedenheit ist unser Ziel!

Liebe Leser, liebe Leserinnen,

hat Ihnen unser Buch gefallen? Haben Sie Anmerkungen für uns? Kritik? Bitte zögern Sie nicht, uns zu schreiben. Wir werden jede Nachricht persönlich lesen und beantworten.

Schreiben Sie uns: info@ek2-publishing.com

Wussten Sie schon, dass Sie uns dabei unterstützen können, deutsche Militärliteratur sichtbarer zu machen? Bitte nehmen Sie sich einen Moment Zeit und bewerten Sie dieses Buch auf Amazon. Viele positive Rezensionen führen dazu, dass das Buch mehr Menschen angezeigt wird.

Sie können somit mit wenigen Minuten Zeitaufwand unserem kleinen Familienunternehmen einen großen Gefallen tun. Vielen Dank für Ihre Unterstützung!

PS: In seltenen Fällen kommt ein Buch beschädigt beim Kunden an. Bitte zögern Sie in diesem Fall nicht, uns zu kontaktieren. Selbstverständlich ersetzen wir Ihnen das Buch kostenlos.

Viele Grüße
Heiko, Moni und Jill
von EK-2 Publishing

Druckhinweis:
Libri Plureos GmbH
Friedensallee 273
22763 Hamburg

Eine Veröffentlichung von EK-2 Publishing GmbH

Friedensstraße 12
47228 Duisburg
Registergericht: Duisburg
Handelsregisternummer: HRB 30321
Geschäftsführerin: Monika Münstermann

E-Mail: info@ek2-publishing.com
Website: www.ek2-publishing.com

Cover: Jörg Piesker
Autor: Marcel Mallon
Lektorat: Jill Marc Münstermann
Buchsatz: Jill Marc Münstermann

1. Auflage, Mai 2024